JN134822

母の前で

Devant ma mère

Devant ma mère
Pierre Pachet

母の前で

ピエール・パシェ 著
根本美作子 訳

岩波書店

DEVANT MA MÈRE

by Pierre Pachet

Copyright © 2007 by Éditions Gallimard.

This Japanese edition published 2018
by Iwanami Shoten, Publishers, Tokyo
by arrangement with Éditions Gallimard, Paris
through le Bureau des Copyrights Français, Tokyo.

目次

母の前で……1
内なるラジオ……5
……23
独りでしゃべる……25
彼女に言語としてまだ残っているもの　30
母の孤独　34
どのようにしてそれ（終わり）は始まったか　40

言葉の括約筋 ……………………………… 47

いまの母　48
どうして見舞いに行くのか　54
彼女はやはりそこにいる　67
彼女が（わたしを）見る仕方　74
内なる言葉《パロール》、共有すべき言葉　76
ステレオタイプ、貧しくなっていくこと　80
彼女はだれにもしゃべらない、
　彼女は「しゃべら」ない　84
仮　定　100
内面生活に身を任せて　101
現実の解体　115
彼女は死の感覚を失った（また別の仮定）　132
虐　殺　142
現実としての死・結婚　148

「忘れる」という動詞　149
言葉はなかなか死なない　150
もはや彼女はしゃべらないのか？　159
彼女のユーモア　165
統合することができる　168
言語《ランガージュ》の二つの機能　173
排出機能？　175
どのように脳は死ぬのか？……179
訪問のあとで……189
訳　注……193
訳者あとがき……195

母の前で

子供の頃、わたしは母のそばにいたがった、離れたがらなかった、母にどこにも行かないで欲しかった、そういう子供だったらしい。

少し大きくなってから、戦後になってから、大人たちにそう言われた。以前のわたしを懐かしむようにして、あるいはわたしの自立心をからかいながら。

いまとなっては、もう母と一緒にいることはできない。母のそばにも、傍らにもいることはできない。母のいまの状態では、会いにいって一緒に時間を過ごしても、母がわたしのほうを見ることしか期待できない、わたしがだれだかもうはっきりわからなくとも。それでも、そうすれば、母の前にいることができる。そして少し話しかけて、会話のまねごとをするという能力をつかの間刺戟したり、ご飯を食べさせたりすることができる。それはたしかに母であり、わたしは母を見つめ、母の言うことに耳を傾け、好奇心を覚えたり、心を痛めたりする。それは妙にアンバランスな関係で、わたしが母のために時間を割くことを要請する。いまではほとんどその片鱗もなくなってしまったのだが、わたしたちはずっとユーモアで結ばれていた。それがいま、とても古い彫像を前にしているような気がする。ほとんど動かない、しかしとても力強い、モニュメンタルな彫像を前にしているような気がする。

母が住まっている広がり、母がそこで横たわったり座ったりしている広がり、それを「空間」とも「時間」とも呼ぶことはできない。それは方向性を欠き、どこかへ向かっていくわけではなく、死にさえ向かっていきはしない。それは奇妙で、毎回わたしはそこから早く逃れたくてたまらなくなる。それなのに、その広がりはわたしにとってまったく未知のものではない。それはずっと以前からいつも人生を縁取っていたものだ。それをわたしは予感していた。

この、なにも役に立たない時空は一体なんの役に立つのだろう。永い刑を言い渡された受刑者、見捨てられた人たち、遠い寄宿舎や病院に収容された人たち、希望を失った病人たち、なにも期待せずに待っている人たち。こうした人たちは瞑想しているわけでもないし、わたしたちのために祈っているのでもない。しかし彼らはまるでわたしたちのために、人間的なものの領域の境界へと派遣されているかのようだ。わたしたちは、砂漠のように横たわるそうした境界と、関係している。

内なるラジオ

――「もしもし、起こした？」

――「ううん、寝ていなかったよ」と、このとても年老いた婦人は答える。「とてもおもしろい番組を聞いていたんだよ、とてもおかしくて、ケラケラ笑ってた。」

――「そう、それなら切ろうか？　終わったらまた電話してくれる？　テレビの番組？」

――「テレビ？　ううん、ラジオだよ、ベッドに横になって聞いていたの。」

――「どのチャンネルを聞いていたの？　ラジオJ？」

――「知らないけど、とても面白かったんだよ。ある家族の話をしていたんだけど、それがわたしの家族の話と同じで。リトアニアを離れてベルリンに勉強しにいく若者が一人いて、その子はまぁ充分ドイツ語ができるんだけど、母親が一緒に行ってアパートを探すのを手伝うの。その子にはベルリンに知り合いがいなくて大変だということでね。そうしたら丁度別の若い男の子に出会うんだよ、彼もリトアニアから来た青年で、最初の子の母親が、二人一緒の部屋に住むように勧めるの。心配だったから、二人が一緒に暮らせば少し安心できると思ったんだね。」年老いた婦人は笑っている。もう少しこちらが質問しつづけていたら、ほんのちょっとしたことで簡単に泪に変わりそうな笑いだ。

——「とにかくすごくおもしろかった。いや、〈おもしろかった〉というのは正確じゃない。興味深かった(彼女の声にどこか不安な調子が紛れこみはじめる)。」

——「それで?」

——「その先はわからない。そこで終わってしまったから。」

——「その話、前にも聞いたことがあるよ。自分の弟の話でしょ。先がわからないのは、そこにお母さんがいなかったからだよ。弟から聞いたことしかお母さんは知らないんだよ。」

——「ラジオのお話はそこで終わりだったよ。わたしがリトアニアを出たときは二〇年代の終りで、ドイツには行かなかった。ユダヤ人にとってよくない国だともう言われはじめていたからね。フランス語はほとんどできなくて、ドイツ語なら少しは話せたのにね。必要な学位をもっていたし、フランスのバカロレアに相当する資格も認定してもらったから、パリで理系の学部で勉強することになってね、だけど、最初、どこに住めばいいのかわからなかった。幸いなことに、わたしもリトアニアのシャヴレ〔Shavle〕出身の女の子と出会って、リトアニア語ではシャウレイ〔Siauliai〕というんだけどね、二人で部屋を借りることに決めたんだよ。彼女は大学に通っていたわけではなくて、経理の勉強をしていた。ジェニアっていう名前だったと思う。ホテルの二階の部屋を借りていたんだけど、ある晩、帰ってきたら、レセプションのボードに鍵がないんだよ。わたしはジェニアがもう帰っていると思って、上がっていってノックした。そうしたら誰も返事をしないから、鍵をもっている宿の女将さんともう一度部屋にいったの。もしかしたら死んじゃったんじゃないかと思って恐かったぁ。女将さんがドアを開けたら、たんに眠っていただけだったの。彼女はびっくりして目を覚まして、なにが起こっているのかわからず、怖がっていた。おもしろいねぇ、いろんな細かいことが思い出せて、昨日起こったことのように思い出せるよ。」(母は笑っている。その笑いはふたたび、泣き声に近い、どこか不安そうな笑いだ。)

この婦人はもう何年も前から、ひどい孤独のうちに、小さなアパルトマンで暮らしている。ときどき、どうしても年を経るごとに間遠になりがちだが、子供の一人、あるいは孫の一人が短い時間会いに来たり、その一人にレストランに呼ばれたり、家に招かれたり、あるいはドライヴに連れ出されたりする。それ以外の時間は独りで、小さな公園にちょっと散歩しに行ったり、または買い物に出かけたりする(そうしたことは次第に珍しく、ますます気が進まなくなっていく)。本が読めなくなってから(それはもう何年も前からだ)、彼女は本を読む代わりにカセットで本の朗読を聞くようになった。ところがますます目が見えなくなり、カセットを選んだり、テープレコーダーにセットしたり操作したりして聞くことができなくなってしまった。テレビとラジオだけが残った。しかしもはや彼女はリモコンのボタンも操作できず、チャンネルを変えたり、音量を上げ下げすることもできない。ラジオに関しても同じで、つけることはできるが、一つの放送局しか聞くことができない。ラジオもテレビも彼女にとって言葉《パロール》の流れてくる音源というよりは単なる音源に過ぎなくなってしまった。次第に、あるいは一気にそれも諦めることになる、最近、大好きだったタバコやコーヒーをやめたように。

人は言葉なくしては生きられないわけだが、言葉は、もはや彼女の中からしか出てこない。しかしそれは思い出がふだんそうであるような仕方で出現するのではない。思い出のように、自己の精神的な成分からでてくるもの、内なるものの変動の結果、自己の内でしか存在しえないような内容の記憶、またはそうした内容の書き換えとして出現するわけではないのだ。

彼女に聞こえること、あるいは彼女がラジオで聞いたと思っていること、それを、彼女の語っていることからして、わたしは思い出と名付けるのだが、それは彼女の意識の外にある一つの声で、友好的で、生き生きとした(ほんものの)声で、その声はいろいろなことを知っていて、彼女はその声を自分のものとは思っていない。この声が語りかけてくることに彼女は感激し、感動する。

わたしが彼女に電話したり会いにいったりしたときに質問すると、彼女はまず自分の聞いたことを話してくれる。そうしたとき、つい最近読んだ物語や、見たばかりの映画、聞いたばかりの話を、新たな聞き手のために再現するときのあの自然な歓びを彼女はあきらかに感じている。それはなにかで充たされていることの歓びであり、自分を充たしているものを人に与えることによってその歓びを二倍にすることの歓びだ。自分を取り囲んでいる言葉、その言葉は入ってくると同時に自分から出ていこうとするが、そうした言葉を把握できることにたいして感じる興奮。それはまた一方で、自分が考えているということを感じる歓びだ。それは、活動している思考の器官をもっていること、口にする言葉を操りながら、その器官がふたたび作動する——ふだんその器官は沈黙のうちにおさまっているのだが、そこから出発して作動する——のを感じる歓びだ。

しかし彼女も、ラジオでいましがた聞いたと思っている話と、他者が語った思い出としてではもはやなく自分自身の思い出としてこみ上げてくる思い出が、一致していることに気づかないわけにはいかない。というよりも(なぜなら彼女が思い起こす出来事がいかに遠い過去のものであろうとも、お話の思い出、思い出の思い出以外のものがあるといえるだろうか、それらが確かなものだという全般的な感覚によって強化されているとしても)、真先に自分自身に関与している思い出を物語りはじめるとき、彼女は自分のなかからお話が湧きでるのを感じるのではないだろうか、ラジオの放送局がいくつもあるように、お話の放送局がいくつもあって、そこにいけばいくらでもお話が汲みだせる、無限に汲みだせると感じているのではないか。細部やことば《モ》が欠けてしまうために、要請に応じて自由自在に汲みだすわけにはいかないにしても、彼女ののぞむだけ、そして聞き手がそれに耐えられるかぎり、汲みだしつづけることができるのではないだろうか。聞き手とはわたしのことだ。彼女の信頼する聞き手だが、彼女にとってはよそ者でありつづける聞き手だ。なぜならわたしは彼女よりずっと若く、彼女が幼少時代、少女時代、若い女性だったころの経験をわたしは生きたことがないし、彼女がそうした経験をした国々を知らないからだ。

こうしてしゃべっている彼女を前にしていると、意識のさまざまな内容において、ふつうならば出来事として感じられたこととお話として受け止められたことのあいだには、自分のなかから出てくるものと他から学んだものとのあいだと同じように、きわめて微妙な境界線が走っているのだが、その境界線を彼女が引き直しているように思えてくる。それはあまりにも曖昧な境界線で、多くの人が、聞いたり読んだりしただけの言葉を、自分のものと確信して繰りかえしているうちに、それが外から受け取ったものにすぎないことを忘れて、自分自身の意見あるいは自分の本当の印象を語っていると真剣に信じてしまったりする。しかし彼女が、内なるラジオを聞きはじめるときに起こることは、それとは反対のことなのではないだろうか。この世で彼女しかもはやもっていない記憶(彼女しか知らない秘密と同じように)を、だれかよその人の声が、彼女に語りかけていると彼女は思っている。彼女のなかのその声、彼女の出しているその声を、彼女は自分のものとして認識しない。その声を拒否しているわけではない。そうではなく、彼女の意識に上るものは、彼女のやや混乱した魂のなかに、新鮮な感覚と確かな手応えを甦らせ、それらが、彼女が一人称で経験しなかったり、その「続き」を知る由もなかったり、語ってもらわなければ知ることのできない(実際にはふたたび語ってもらうわけだが)ような不確かなことを、自分のことのように語るのを憚らせるのだ。それは夢のなかで、わたしたちが知っていながら、知っているということを知らず、意識の垂直な光のもとに晒される機会のまだなかったことを、意識が、わたしたちに知らせるために、別の声、または別の人物にその役割を担わせるのと同じ仕組みだ。

——「それでどうする？　そろそろ出かける？　それならぼくが一緒に行くけど。」
——「いや、あまりにも面白い話だったから、もう疲れちゃったよ。このまま横になっているわ。今日はもうこれで充分。」

孤独のあまり彼女の気が狂いはじめたと思われるかもしれない。頭の老化の最初の兆候がたしかに出ているし、なにしろ彼女の精神は、近い記憶が衰え、時間の感覚も失いはじめたこともあって一層ひどく分解しはじめている。いま何時なのか、曜日、どのくらい時間が経ったのか、時間がどのように経過しているのか、覚醒している時間と夜の時間が錯綜し、とくに睡眠の時間に関しては、起きたあと、彼女はひどく混乱し、視力が衰えて時計で時間を確認できないだけに、いまという時間を寝るまえの時間につなぎ合わせることができない。その結果、週末自分の家に彼女を連れて帰った姪の家で朝目覚めて、どこにいるかがわからず、突然まわりの人間にロシア語でしゃべりはじめたりする。自分がかつて知っていたさまざまな世界のあいだを手探りで探しながら、ロシア語でしゃべっていた弟のニュージャージーの家にいると思ったのかもしれない。だが彼が死んでからかれこれ十年以上その家を訪れていはしない。それとももっと前の時代を思ったのだろうか、夫、つまりわたしの父といると思って。しかし彼女にたいして忍耐と寛容な気持ちをもって接し、ほとんど科学的な関心、そしてまた尊敬の念をもって耳を傾けていると、その反対であるような気がしてくる。わたしには彼女が孤独と戦っているように思える。孤独は意識のすべての内容を単一的な内なる論理に流し込んで均質化してしまい、その論理に異を唱えるものをなくしてしまおうとするが、そうした孤独の有害性、孤独の危険と彼女は戦っている。見分けがつかなくなる傾向にあるものを、自分の力で区別しようとしながら。彼女がこうして「声」や「ラジオ」と呼ぶもの、彼女が自分に自分の人生を物語っているにすぎないのに、自分の外にある音源から流れてくると思っているもの、それは、彼女自身が、自らの孤独に、妄想や幽霊などではなく、現実の事柄で興を添えようとして自ら作り出す、一つの焦点なのだ。

彼女の思考活動がいかに重大かを理解するためには、それが、崩壊しようとするものを再構築しようとしていることを理解すれば充分だが、数年前わたしが目撃した場面を思い出さずにいられない。それは同じリトアニア出身の彼女の従姉妹の一人、リューバに関するもので、アルツハイマーを患ったリューバは、重篤な分裂を来していて、その言葉は、分裂に抵抗するどころか、暴力的にそれに加勢していた。夫のアブラーシャ(アブラハム)には、「で、あなたの夫はどこにいるの?」と聞き、電話で、まさにわたしの母に「アブラーシャが何人もいるの。一人はわたしと住んでいるけど、他にもいるの」と言ったり、おそらくさらに心配なことには「ギンダ、いまおしゃべりする暇はないわ。家にアブラーシャが何人もいるのよ」と語ったりした。リューバに他になんとかしようがあったのではないかなどと言いたいわけではない。そんなことはわからない。ただわたしには彼女の精神の繊維が一本一本荒々しく引き裂かれるのが見えるだけだった。一本一本の繊維は剝き出しのものだった。彼女や家族の者のアイデンティティは炸裂し、彼女にはそれをふたたびつなぎ合わせることはできず、彼女を引き裂く分裂をさらに激化することしかできなかった。そうして彼女は周囲の者も引き裂いていった。

ギンダを見ていると、意識が、どのようにしてその絶え間なく、膨大にして単調な活動をつづけながら、自らが展開しなくてはならない内的な空間を組織しているのかをよりよく理解することができる。

意識には、見たものや聞いた言葉が自分の外側からやってくるということを見極める役割がある。意識はそうしたものを糧に前を向き、自分を餌食にしながら堂々巡りをすることを避ける。夢もそうだ。意識は、まるで外から押し付けられたような知識でもって、夢というものが心的活動のなかからくるもので、夢そのものがそうした活動の一部だということを知りながら、夢を、自らの注意力の中心点から離れたところで、やや周辺的な地帯でできるものとして受け止める。夢は、意識の外から意識に到達するもので、意識が、それが自ら創りだしたものであるということを認めるためには、ちょっと想像力を働かせることが必要だ。

このところ老婦人は独りでいるあまり、次第に彼女の意識と共同体の世界のあいだの関係がほころびはじめ、人間にとって必要不可欠な精神生活の囲いが、壊れたわけではないにしても、内側に向かって移されてしまったのだ。

子供は遊びながら、自分の内的な生活を発展させ、それに奥行きと広がりを与えていく。独りで、あるいは友達と、現実の生活とはちがう精神生活の楽しみを味わう。それは遊びの時間が学校や家族と過ごす時間とちがうのと同じことだ。老婦人はといえば、記憶が損なわれ、精神的なものと現実のものを長いあいだ区別していることが難しくなってしまったために、自らの人生の出来事にふたたび翻弄されるのだろう。

——「もしもし、起こした？（彼女が受話器をとるまで電話は五、六回鳴った。）ぼくだよ。」

——「いや、起こしてなんかいないよ」、といつでも礼儀を欠くことのない彼女は答える。

——「今日はどこかにでかけた？」

——「いや、ひどい天気だもの」、と彼女は言う。妙な笑い声をたてながら（猛暑の季節だ）。「ここでねぇ、結婚式があるんだよ……」

——「そのアパルトマンで？」

——「いや、どこだかはわからない。でも面白いよ。花嫁の衣装が描写されているところだよ、ここにいる人達は……」

——「じゃあまたかけるよ。」彼女の精神活動を中断してしまったと感じたわたしは言った。
――「そうだね、またね。」そう言って彼女はわたしを引き止めようとせずに電話を切った。

今回彼女はラジオを聞いているとすら主張しなかった。一つにはわたしが質問を畳みかけるのを控えたので、不確かなフィクションの力を借りる必要が出てこなかったのかもしれない。彼女には、彼女の関心を惹き、彼女の生の一部、つまり過去に覆われはじめた彼女の現在の一部について、語りかけてくる言葉があるのだ。彼女はそれを思い出すとも、自分のことを語るともいわない。それは彼女に聞こえてくるもので、彼女が自分の精神の産物として認めていない、にもかかわらず、それは彼女のためにのみ存在する。彼女のアパルトマンで起こっていることではないかもしれないが、それはどこかで起こっていて、それについて彼女はわたしに教えることができる。でもとにかく彼女ははやくふたたび言葉の列車・調子に乗りたいのであり、あまり長く引き止められたくないのだ。それは彼女の人生の列車・調子だ。乗車しているのはもはや彼女独りで、その車輪の音の伴奏する物語を聞いているのも彼女独りだ。

たしかにだれも完全に自分の記憶を頼ることはできず、たんに考えられたことと、実際に実現されたり発言されたりしたこととの差を確信することはだれにもできない。それでも人は記憶を頼りにし、過剰で、不遜な自信を持つこともしばしばだ(「いやそうだ、よく覚えているんだ」)。

古い記憶に占拠され、年とった婦人は、実際にいま現在あることにたいして安定した位置を占めることがもはやできないのだ。すべては彼女がそのときどうしているかによる。彼女の親戚関係に関する認識が次第に危うくなってきたのも、同じためらいが原因だ。あるひとつの声が彼女に語りかけてくる彼女の人生の物語において、いまは亡き彼女の弟が、ときどき父親になっていたりする。死にさらわれていったその人と、彼女はもう何年もしゃべっておらず、その人は過去の人として位置づけられるようになってはいるが、目に見え、読むことのできる資料(写真や書類)に目をとおすことのできなくなってしまった彼女の混乱した精神には、彼が彼女の弟であった――である?――ということをしっかりと把握するために必要な安定がないのだ。

おなじように、わたしが彼女を心配することを親しみを込めてからかおうとして――なぜならそれが彼女のスタイルだから――、「お姉さんのこと心配しているの?」

と彼女はわたしにいう。「お母さん」というかわりに。まるで、息子であるわたしとの関係をめぐって、わたしの視点から彼女を指そうとして、終いには異なった層のものを一緒くたにしてしまったかのようだ。この作業のあいだに彼女の精神はふるえてしまったのだ。かつてわたしが子供だった頃、わたしに暗算を習わせようとして、みずから暗算をするとき、彼女の精神は名射撃手の腕のように驚くべき安定性を保つことができたのに。

しかしわたし自身どうだろう。一月のある晩、わたしは妻の動かなくなった体をこの腕に抱いたことを覚えている、彼女の遺体を洗うのを手伝い、二日後、霊柩車に一緒に乗り、納棺に付き添っており、彼女の死はわたしにとってこれ以上確信できないほどたしかなことだ。そのわたしも、彼女が死んだということ、もうこの世にいないということを、まるで外から注射でもするように自分に思い出させないといけないときがしばしばある。そのたびにわたしはいわば飛びあがるような思いをする。自分自身を揺さぶるようにしながら自分に言い聞かすのだ。わたしのなかで聞こえる現実の声が、まるで自分自身ではないかのように。そして実際それは自分自身ではないのだ、なぜならわたしの意識はつねにわたしを取り巻き、わたしに張り付き、わたしに世界を引き渡し明らかにしてくれながらも、世界についてわたしに嘘をつくからだ。だからわたしは、母と同じように、自分が紡ぎだす忘却に対抗しなくてはならないのだ。
そしてまたわたしはつぎのようにも考える。老婦人は、子供やほかの多くの老人がそうするように、独りでいる長い時間を利用して、思い出を声を出して自分に語ってみているのではないかと。カセットや番組をかけるように。終いには自分の言ったことが聞こえたのか、他人の耳に届いたかどうか、わからなくなってしまうのではないだろうか。

――「まぁ考えてみれば」、としばらく夢想してから彼女はふたたび語りだす。「わたしも結構うまくやったのね」(彼女は自分の人生を振り返っている、ほとんど客観的なしかたで、彼女を外から判断する人のしかたで、しかしそれはまた彼女以外のだれでもないのだ)。「フランスで化学の学位をとって、結婚して、子供が二人できた。一度だけ、大学に入りたてのころ一緒にパリで下宿した子に会ったことがあったわ。コヴノ(カウナス)の駅で。彼女がどこに行こうとしていたかわからないけど、わたしはそこで両親に会いにくる未来の夫を待っていたんだ」(「いやむしろ両親が彼に会いたがったんだった」、と彼女は訂正する、彼女の良識はけっして眠ることはないのだ)。「お互いすぐにだれだかわかった。彼女はリトアニアに戻って生きることにしたんだね。わたしはパリで暮らしつづけようとしていた」(彼女は笑う、まるでもはや破壊されてしまったかつての現実が彼女の記憶に戻り、唇にのぼるのがくすぐったいかのように、精神の生というものが信じられないような力をもっていることが明らかになって、まるでそれが嬉しいかのように)。

またべつのときに、

――「寝てた? それともなにか聞いてたところ?」

――「いや、寝ていなかったよ。ベッドに横になって聞いてたの。」

――「でなんの話?」

――「うーん、よくはわからない、まだはじまったばかりだったから。」

いま想像しつつ、思い出す。ひとりの子供が、大人からそれほど離れていないところで大人に見守られるなか、頭のなかでつくった会話を声に出して、自分でいろいろな人物を演じながら表現するような時間を。その子はそうしながら小説のようなものを作りだし(ロマンス、またはちゃんばらもの、またはスペースオペラ)、一人で何役もこなす。

彼は「遊んでいる」とひとは言うだろう。彼もまた、もし邪魔でもされたら、そう言うにちがいない。「ほっといて、遊んでいるんだから。」そこでは「遊んでいる」というのは「忙しい」という意味だ。

「遊ぶ」とは彼にとって、きわめて活発にとりくむ実験的な活動に勤しむことを意味し、そのなかで、彼自身と彼が存在させるそれぞれの人物とのあいだのどこに彼が囲いを設けようと、それは一切彼の自由に任されている(それは作家アルノー・シュミットの語る「考えのゲーム」で、シュミットの風変わりな作品に頻繁に登場する)。

独りでしゃべる

子供がしゃべりはじめるとき、必ずしもそばにいる人にしゃべりかけるわけではない。子供は単語《モ》や言葉《パロール》を口で発しながら、その力を感じようとしているように見受けられる。言葉は彼らを取り巻いているが、子供は単語を空中に放ってみて、自分の耳で聞き取る。それはまず、身近な人たちが使った単語で、それを子供は繰り返してみる。身近な人たちにそれを繰り返してみせ、そして自分自身に繰り返してみせる。それらの単語を覚え、それが言えるようになるのが楽しいのだ。

子供たちは気分のいいとき(あまり遠くないところに大人がいて、その人が他のことをしているのが聞こえながらもいつでも自分の相手をしてくれるのが感じられるとき)、しゃべる。子供はそうやって自分自身に連れ添ってやり、退屈しない。子供の言葉《パロール》はさまざまな人物となって溢れ出し、自分の声と身体によって演ぜられる。子供は自分の経験した場面を再演する。学校や両親の喧嘩、自分が受けた命令などだ。そうした命令を今度は架空の存在に向けることによって、子供たちは命令というもののもつ重みを軽減するのだ。また、さまざまなイメージや映画、あるいは自分の想像力から引き出された場面も子供は再演する。こうしたときの彼らの遊びの真剣さを壊さないように守っているもの、それは脆いものだ。大人たちが気付かれずに子供を見守ってやらなくてはならない。言葉は発せられ、それも聞こえるように発せられ、ある種の往復運動を描きながら聞こえるように演じられるが、こうして、このお芝居ごっこの基本にある他者性の感覚が育まれるのだ。これらの言葉が実際誰かに向けられているとはいえない。子供はこうした飛空する言葉の本質と戯れているのだ。その本質とは、空中にまき散らされるような言葉、矢以外のものであるような言葉、つまり的に狙いを定めたり、当たったり外れたりすることが本質ではないような言葉だ。それらの言葉はボールの雨のように、爆破片のように降り注ぐ……いや違う、そうした言葉はもっと単純に空気の振動で、その作用範囲内にいる者なら、それを発動させた者も含めて、誰にでも関わってくる可能性のあるものだ。

だからわたしは、独りでしゃべっている子供は、しゃべりながら独りで遊んでいるのであり、それにはある種の保護作用が働いているだろうと想像する。ときにはまさにしゃべって空気を活性化することによって、子供自身が、自分の遊びを保護するものを作り出していることがある。その対極にあるのが、通りや駅のホームで独りでしゃべっている、見放され、彷徨える老人や老女ではないだろうか。場合によってニュアンスの違いはあるだろうが、こうした老人はいずれもいまいったような保護枠からこぼれ落ちてしまい、もうそうした保護枠を自分で自分に与えることさえもできなくなっているようにわたしには思える。こうした人たちは浮浪者と化し、社会からはずれ、転げ落ちる。自分を自分たらしめている原則をないがしろにし、あえてそれを無視するか、そうせざるを得なくなって無視し、それを気にもかけず、他のことを心配している。あるいはもういかなる心配事もしなくなってしまっている。恥も外聞もなく、あるいは恥のまっただ中から、独りで大声でしゃべっている。こうした人たちは大人としての沽券を気にかけなくなっている。名誉の失われたところで、愛のなくなったところでしゃべっている。自制力を失った言葉はその口元から溢れ出し、もはや完全には言葉ではなくなり、他者性を作り出すことを止め、孤独そのものと化している。

浮浪者(都市生活のなかであれほどピトレスクだったそのような人物がまだ存在するとすれば)は自堕落な人間ではない。浮浪者は、アルコールが入っていようがいまいが通行人に大声でどなり、駅のホームや、通りの空間そのものに吼えかかる。彼はある役割を演じているのであって、それはほとんど通りの阿呆の役だ。彼は通行人が自分のことを笑うか、あるいは自分と一緒に笑うのを見る。彼はまさに役者で、規則からはみ出し、周囲の者の暗黙の了解のうちに規則を免れる。それに対して転落者は自らのうちに巣くう苦悩や落ち着きのなさを堰き止めておくことができず、それを言葉に乗せて自分の外に溢出させてしまう。それは空中に放たれる言葉ではなく、誰にも顧みられない、何も成立しない空間に居を構える——他者に聞こえるかどうか弁えていようといまいと——言葉だ。このような人は、いかにマージナルな者であろうとも、いかなる役割も演じはしない。

十歳前後の子供が一人見える。家族と来た夏休みの浜辺で、水や濡れた砂に足をつけて遊んでいる。水の中に入っていく危険を冒さずに水を肌で感じたいのだろうか。迷子になる危険なしに解放感を与えてくれる大空のもとで、波の活発な動きを味わっているかのようだ。大人たちは少し離れたところの乾いた砂の上で、大人固有の活動に従事して、ごろごろしたり会話をしたりしている。

わたしは彼を遠くから眺めている。彼は腕を風車のように回したり、歩いたり、走ったり、振り返ったり、剣を携えているかのように片足を大きく踏み出したりする。

彼がしゃべっているのが見える。わたしは彼が何を叫んでいるのかもう少し聞こえないかと思って近づいてみる。演技たっぷりの怒りに満ちた荒々しい言葉、脅しや挑発的な罵倒の言葉を叫びながら子供は戦いを呼びかけている。けれども彼はわたしが聞いていることに気付き、顔をしかめ、腕を下ろして少し遠ざかってしまう。彼はわたしが去って再び感興が湧いてくるのを窺いながら、積極的な夢想の魔法の場面を再構成しようと待ち構えている。

彼がこの場面《シーン》でしゃべっていたのは、一つのドラマの枠組みのなかでのことだ。そこでは動作や筋肉の緊張具合、実際の小道具やたんに想像された小道具、広々とした海辺がたやすく迎え入れてくれる戦いの空想上の枠組み、そうしたものと同じように言葉《パロール》も歴とした役割を演じている。ここでは言葉は行為となっている。言葉は場面に現実味と息吹を与え、場面を生き生きとしたものにし、持続を作り出している。これらの言葉はお芝居か読書に着想を得ているのかもしれないが、言葉を溢れ出させ――どんどん意外で面白い新しい言葉を引き出し――ているものは、遊びそのものの、この活動それ自体の流れだ。

わたしの母の場合――ああ、それはまた別の話だ。

彼女に言語としてまだ残っているもの

多くの場合、寝ているのでなければ肘掛け椅子に身を沈めるか、枕の上に斜めになって、母は同じテープがずっと回り続けているかのように絶えずロシア語の文章を繰り返している。口にしてみた数が、その瞬間の記憶のなかに書き込まれなかったがために、次に繰り返されるときには変わり、三〇〇が五〇〇になり、それがまた三五〇〇になるということはあっても、文章から文章へと話が展開することはない。そして次の文章がやってくるのだが、それは、それまでに母が言っていたこととほとんど結びつかないかまるで結びつかない内容で、母が終わることなくしゃべりつづけ、空間を活気づけずにはいられないということ以外にいかなる必然性もないかのようだ。

母には自分の言っていることが聞こえているのだろうか。なぜこんなことを問いかけるのかというと、その時々や、わたしのしゃべっている位置で違うとはいえ、母にはごくしばしばわたしの言っていることが、大きな声にもかかわらず、聞こえないからだ。いやしかし彼女には自分が聞こえている。自分の言っていることが聞こえているだけではなく(つまり自分の内側から)、それが外から聞こえてくるかのように聞こえているらしいのだ。いやむしろ、彼女は自分がしゃべっているのだということがわからない、すくなくともいつもわかっているわけではない。わたしが「どうしてそうしゃべりつづけるの?」とか、「どうしてそんなことを言うの?」と聞くと、一度ならずとも「えっ、わたしはしゃべっていないよ」という返事が返ってくる。一時期わたしは苛々して(もう苛々するのは止めたのだが)、無邪気にも彼女自身の指を口に当てさせたりした。自分の唇の動きを感じることによって言葉がどこから出てくるのか突き止めさせようとしたのだ。けれども母は納得などしなかった。しゃべるのを止め、この暴力に背いた。

しばしばこのしゃべろうという衝動は次のような形をとった。母が質問をする。「それで、お宅ではどうですか?」(ロシア語で *kak slychno?*)そしてわたしが答えようとしていると「そしたら皆元気だって彼は言ってたよ……」と自分で続けてしまう。まるで沈黙を恐れているかのようだ。もう何年ものあいだ、彼女は返事がないことに堪えなくてはならなかったのだ。

こうして彼女はロシア語、フランス語、そしてときどきイディッシュをしゃべる。けれども多くの人がそこでわたしに自信ありげに投げかける意見を否定、もしくは部分的に訂正しなくてはならない。というのも、それはよくあることで、彼女は幼少のみぎりの言葉、母語をしゃべっているのだとあまりにもしばしば言われるわけだが、そもそもロシア語は厳密には彼女の子供時代の言葉ではない(家ではむしろイディッシュをしゃべっていた)。なんといっても、彼女がしゃべるロシア語、そのあまり豊かではないロシア語は、フランスで暮らしている人間のロシア語で、フランスの現実を喚起するものだ。母はロシア語でフランを数え(ユーロは彼女の意識のなかに、その実用的な知識のストックのなかに割り込む余地がなかった)、フランスの人や場所に言及する。それはフランスでの生活で使っていたロシア語で、彼女は他のどこよりも断然フランスで長く生活したのだ。だからそれは母語ではなく、年老いた孤独な女性の内面生活の言語だ。ついでにいえば、母が独りで暮らしたのは、彼女自身がそう望み、子供のところに住むことによって、意地でも守り通そうとした自立を失うことを拒んだからだ——状況が悪化し、わたしがいまの病院の老人施設に居心地の良い避難場所を見つけるまでは——。母は自分の好きなときに寝たり食べたりし、買い物をし、堂々とした人間であり続けることの満足を覚えながら、誰の世話にもならず、きちんとしていたかったのだ。

母がこれらの言語《ラング》をしゃべるといっても、それは彼女がこの言葉《テルム》の本来の意味で「しゃべって」いるわけではないということを再び念頭におかなくてはならない。ほとんどの場合、彼女は会話をとりもつわけでも、言葉《パロール》においていかなる可動性を発揮することもない。さまざまな状況、相手の言葉、込み上げてくるアイディアや感情に応じるために必要な可動性のことだ。

むしろ彼女の内に、言葉の塊や、文章の繋ぎ合わせ《モンタージュ》が保管されているような印象を与える。感性や思考の対象と結びついていた単語が、その関係を解かれて堆《うずたか》く積み重なっているようなのだ。

そうではない場合が突然、ほんの短いあいだだけ訪れることがある。一つのフレーズか質問、あるいは動作が、ほとんど自動的な応答を引き出すときだ。それはたとえば礼儀を保つための、あるいはユーモアを表現する応答だ(言語をとおして彼女はいつも他者に対してある一定の距離を保ち続けたが、礼儀とユーモアは、その距離をしるす、彼女の二つの特技でもあった)。「どうも、そう悪くはないわ」(フランス語で)、「文句は言えないわ」(ロシア語)、または「そうとも言えるかもしれない」(フランス語で。ロシア語で面白いことを言ってもわたしにはわからない)。

こうしてわたしが描いているのは――二〇〇四年だ――決して安定した状態ではない、母の衰えの一段階だ。そしてこの状態を知覚したり理解したりするためには、この何年間かのあいだに彼女が経てきたさまざまな段階の月日の記録を再編成しなくてはならないと思う。それはまるで、それぞれの段階がその前の段階によって形成されるか、すくなくとも前の段階を想起させるような徴候か、あるいはこれから先にやってくる衰えを先駆けるまた別の徴候がそこにちりばめられているかのようだ。けれどもそうした衰えは、すくなくともわたしの観察している限りでは、当然一気にやってくるものではなく、結果的に彼女の振る舞いに重くのしかかり、影響を与えるようになる種々の蓄積と悪化によってもたらされている。

母の孤独

母は独りで暮らしていた。何回も姉のところ、そしてその後わたしのところに暮らしにくるのを拒んだ。「自分のうちがいい、勝手がわかっているし、誰もわたしの邪魔をしない。」彼女は自立をこよなく愛していて、それはときどきわたしを恐怖でおののかせるほどだった。何しろ彼女は信号の色を見分けたり、やってくる車を見極めることができないくらい視力が衰えていたのだが、それで大通りを渡っているところを想像したりすると恐ろしくなった。あるいはまた彼女は友達に会いに行くために地下鉄の長旅に出て行ったりしたが、正しい通路や方向を自分の記憶だけを頼りに判断していた。そしてわたしの家に来るのにしても、バス一本の道のりだったにもかかわらず(バス停までわたしは迎えに行った)、バスに乗り込むだけでも大変で、さらにどこで降りればいいのか指示を仰がなくてはならなかったし、そもそも出発前に、やってきたバスが正しいバスかどうか聞かなければならなかったはずだ。ついにわたしは母から、タクシーでしか外出しないことを承知してもらった。とはいってもタクシーを見つけなくてはならなかった。タクシー乗り場まで行き、運も良くなければならなかった。

身体の不自由な人。身体がどんどん不自由になっていく人。

母は人の手を借りずに独りで何とかしたかった。栄養を摂るために買い物をし、野菜を煮る(でも結局は、思春期の頃から結婚生活を通じて妻となり母となっても、母はこうしたことが好きではなかった。それでも、落ち度なくこれをこなした。もちろん創意があったとも言えず、麺類、鶏肉、お腹をすかせた孫たちをまだ昼ご飯に呼んでいた頃に作っていたマーブルチョコレートケーキといった定番に寄りかかっていた)こと。そうしたことが日に日に力業的になっていった。彼女はそこに孤独のまた別の側面を感じていたに違いない。それは、訪問客も話し相手もなしに独りで座っているというだけではなく、物事の重みに独りで堪えなくてはならないことの孤独で、物事が多様であるだけに疲労感も大きい(食べるために、毎日少しずつ一塊のパンをスライスしていくだけで満足するわけにはいかない)。この何年間か彼女が経験したこうした孤独は、それまでのすべての年月の孤独によって一層深まっていたと思う。笑いや涙が、その長いしゃくり上げるような音のうちに、その人特有の感情体系を浮かび上がらせるように、孤独は深まるもので、その独特の重み、そこへと流れ込んでいる孤独な年月を物語る。

母はいつも繰り返した。「退屈なんかしないよ。」わたしはなかなか信じられなかった、どうしてそんなことが可能なのか理解できなかった。

しかし彼女をこの状態においておくのはどんどん困難になっていった。小さなトラブルが増えていった。転んで立ち上がれず電話ができなかったり(わたしのかけた電話に出てこなかったある晩のことだ)、立ち上がったけれど鍵が見つからず、買い物に行けなくなり、食べるものが何もなくなったり、自分の家の玄関に辿り着いたものの、鞄のなかから鍵を見つけ出すことができなくなったりした。最後にそれが起こったとき、幸い首に遠隔アラーム・ネックレスをしていたのでボタンを押してケア・センターを呼ぶことができ、このセンターがわたしに電話してきた。わたしが駆けつけると、母は自分のアパルトマンの階段に腰掛け、辛抱強く待っていた(わたしはパリからあまり遠くないところにいた)。彼女の生活は危険で、何が起こっても不思議ではなかった。若い女性が毎日彼女を訪れるようにわたしは手配した。けれども母は彼女がなかなか受け入れられず、しばしば誰が来たのか認識しなかったり、玄関のドアを開けるのを拒んだりした……。

そしてある夏──それは「猛暑」の夏、二〇〇三年の夏だった──、彼女がわたしに話しかける仕方、わたしと会話する仕方に一つの大きな変化、というよりも、いくつかの変化が現れた。彼女はこの何日間かで明らかに起こりえなかったような出来事や会話をわたしに話すようになったのだ。それを新しい出来事であると信じて疑わず、それに驚いたりするのだが、わたしにはそれらが母の人生の昔のエピソード、一九四〇年代に起こったことだったり、彼女の幼少期の出来事であるということがわかっていた。それを話すことによって、母は自分を語り、自分の記憶の内容を自分自身に説明しているのだった。それが実際に起こったと若干強引に肯定することによって、彼女はわたしと自分を説得しようとしているようだった。母はまるで人生の分水嶺に到達したようだった。一方には彼女のもとの精神生活、正常で、いまやそこに棲まうことができなくなってしまった精神生活があり、その向こうには、肥大化した精神生活が、現存する世界に対する知覚やその世界との関係を凌駕し、浸食する新しい人生が控えていた。それは、彼女の内面（彼女が覚えていて、自分に話すこと）が突然恐ろしい増殖をはじめ、ＳＦの人物の胸から飛び出る怪物よろしく（『エイリアン』）彼女から吐き出されるようになったかのようだった。とはいえ、その精神生活は必ずしも敵意や脅威に満ちたものではないようだった。母はときどき、子供の暗殺、大量暗殺の恐ろしい場面を経験したと語ったが[1]、たいていの場合、母が経験したとか聞いたとか、それを目にしたと言うことは平和だった。それはもしかしたら――わたしは彼女の世界に慣れていて、そもそもその世界の大半はわたしの世界でもあるわけで――気遣いや心配事、不安定性のなかで生きることをわたしが当たり前と思っているということなのかもしれない。

　その頃はまだ実生活や外的生活〔内面生活に対して〕の出来事が急に思い出されたかのように彼女に語りかけ、ときにはひどく動揺させたり、揺さぶったりしたが、もっぱら彼女の頭を占めていたのは、彼女の記憶、思考、頭脳に端を発することだった。彼女はまだ、隣の部屋で見たとか、誰かから、あるいはラジオかテレビで聞いたことだと言ってそうしたことを話していたのだが、わたしはそうではないのを知っていた。そうした経路で仕入れた話ではありえなかった。けれども何かが彼女に語りかけるのだった。そして彼女はそれを自分自身の思考以外のものだと思っていた。

わたしにとってそれは受け入れ難いことだった。

母は自分の遠からぬ最期のことを考えて（「人生はいつか終わらなくてはね」）、しばらくとても感情的になり、泣いたり、悲壮になったりしたが、厳しい、毅然とした態度になることもあった。そのようにして墓のことや、死にたいという気持ち、三人の孫娘に形見として残したい指輪のことなどを気にかける時期が過ぎて、彼女を生に繋ぎ止めていたこれらの心配事は次第に薄まり、消えていったかのようだった。こうした心配事こそ、彼女を生に、物事の流れや、生きるために受け入れなければならない必然性に繋ぎ止めていたのに。母はもはや、彼女だけの、より内的な世界に棲まっているかのようだった。彼女はまるでそこに引っ越してしまったかのようだった。母はますます手の届かないところにいってしまった。彼女が感じるさまざまな感情は、わたしの知っている現在ではなく、自閉症的な、想像的な現在と通じているだけだった。

母がもうほとんど何も見えなくなっていたということもある。それももうだいぶ前からだった。視界の中心に斑点があって、横滑りする周辺的な視野しか彼女にはもう残されていなかった。母にとって、一人の人が、あるいは何か一つの物が完全に見えるということはなかった。耳も遠く、聞こえる音はあまりに曖昧で弱々しく、彼女の視力を補完して、彼女に見えるものを確かめさせたり、よりよく見えるようにしてくれることはなかった。そうしてこうしたすべてが消えていく。外界への彼女の関心が消えていくように。

どのようにしてそれ（終わり）は始まったか

「長いあいだ来なかったね」と母が言った。「えっ、昨日来たじゃないか」とわたしは答えた。彼女は黙っていたけれども明らかにわたしを信じていなかった。それを見てわたしは母の記憶力がいかに衰えたかということに気付いただけではなく、彼女がいかに孤立していて、見当のつかなくなってしまった日々の時間の中でどれほど途方に暮れているのかを推し量りはじめた。母はその中で、いくつかの些事を定期的にこなしながら、何とか自分の位置を見定めようとしていたのだが、何もかもが彼女を迷わせる方向に働いた。わたしはときどき短い訪問をしたが、それ以外に誰かが母を訪れることは少なく、わたしの訪問にしても、彼女の毎日毎夜に広がる巨大な無人の空白の中で終いには見失われてしまうだけだった。土曜日の朝母は肉屋に行って、その日彼女が来るのを知っている肉屋から、毎週買う二日分のローストチキン半羽と、週の残りの日のために買っておくステーキ二枚を求めた。自分で新聞がもう読めない母のために、わたしは紙二枚を使って、面白そうなテレビ番組のプログラムをマジックで大きな字で書いた(しかしわたしが使えるようにテレビ番組の簡単な情報誌を買ってくるのは彼女だった)。けれどもこのプログラムもだんだん母にはわかりにくく、見えにくくなっていった。夕方頃電話して、どういう面白そうな番組があるか母にもう一度伝えたりするようになった。他の人も母に電話したが、友情からというよりはむしろもはや同情からだった。お手伝いさんも毎週土曜の午後二時間来て、野菜の皮を剝いたり、スイッチの区別がはっきりつかなくなった母のために洗濯機を動かしてくれたりした。

彼女はもう覚えていないようだ。例えばわたしがその前の日に来ていた場合、わたしが来たということを覚えていない。誰だかわかったときに人が見せるような感情の動きは認められないし、待っていた者がやっとやって来たり、もう待たなくてよくなって見せるようなホッとした様子も見られない。

いまから一年ほど前かもっと前には——もういつだか忘れてしまった、わたしは頻繁に彼女を訪れるが、それらの訪問に区切られた時間のスパンはのっぺりとしている

──、母はわたしに「長いこと会いに来なかったねぇ」(あるいはもうすでに「いらっしゃいませんでしたねぇ」と言うこともあった、なぜならわたしのことがはっきりわからなくなっていたから)と言ってわたしを病院で迎えることがあった(しかし母は自分が病院で暮らしているということを知らないようだった)。「だって昨日(あるいは一昨日)来たじゃないか!」そしてやがてこのような間違った過去への言及もなくなりはじめ、わたしが一人の同じ人間だという考えが崩壊した。「やさしい何人かの友人が会いに来てくれる」とか「昨日、息子が友達を連れてきた」と母は言うようになっていった。

母が呆けはじめたことに最初に気がついたとき、彼女はまだ独りで自分の家で暮らしていたが、それは時間に対してだった。いま何時だとか、一日のどの時間帯(朝なのか午後なのか? 母は夜、店に行こうとして外に出て行ってしまったこともあった)なのか、そして出来事がどの順序で起きたのかということがわからなくなった。十二月のある日、わたしはその前日、母に午後二時に迎えに行ってリューマチの先生のところに連れて行くことを伝えてあったが、朝六時に電話がかかってきた。「もう二時間も前から着替えて待っているんだよ」「違うよ、予約は午後二時半だよ」とわたしは言った。「ああ、明日なの?」この「待っている」という言葉はわたしを不安にした。これを聞くと母がとても身近に感じられた。わたし自身の孤独にあまりにも身近に感じられた。母を常識的な世界に連れ戻そうとして母に違うよと言い、彼女を吸い込もうとする彼女に固有の精神世界から彼女を引き出そうとして、わたしはこの二つの世界が不均衡に競い合っているのを見た。より内的な世界の方がよりしっかりと、より説得力があり、より安定した仕方で母を抱きかかえていた。より首尾一貫していたとはいわない。精神生活はむしろ動きや、流動性、一瞬から次の一瞬への移り変わりに捧げられているものだ。この不安定な場処を、記憶力だけで安定させることはできない。記憶もまたこの場処の内に囚われているのだから。

また別のときに、母は朝の四時にわたしに電話をしてきた。気がかりなことを次々と思い浮かべ、それぞれと取り組もうとしていたらしいのだが、頭の中を駆けめぐる噂を信じて復活祭《パーク》が近いと思ったらしく、「マッツア〔Matzah, ユダヤ教の過ぎ越し祭《ペサハ》の晩餐で食べる無酵母パン〕を一キロ買ってきてちょうだい」と言ってきた。

母は、毎日の昼寝の眠りと夜の眠りを定期的に混同した。より精確に言えば、母は目覚めたときに子供のように茫然としていた。子供は時間の中を両親に導かれるが、子供にとって時間は沖に出たときのように寄る辺ないものだ。母はどんな目覚めも朝の目覚めにしてしまい、そうすることによって他の人たちの一日一日から自分の日々をずらしてしまうのだった(カレンダーはもはや問題外で、カレンダーに対して、もういかなるしっかりとした関係ももっていなかった)。

何ヶ月もの間、わたしは自分が彼女にとって時計の役割を果たし、定期的に訪れることで母を時計の時間の中に巻き戻しているような気がした。町の人に時を告げる見張り番になったような気がしていた。しかしそれは役に立ちたいという思いからくる幻想だった。母の記憶を失った精神、あるいはあったとしても弱すぎる記憶力しかもはやない精神のうちに、わたしはいかなる安定性ももたらしはしなかった。わたしが帰るや否や母は時間の中を彷徨い出すのだった。

そう、最初に欠けはじめた神経学的な器官は、体内時計だった。教育の働きと、夜と昼の交代に支配された世界に生まれ落ちることによって、体内時計は人の体と世界の間に協定を成立させ、個人の、そして共同体の日夜のリズムを提供する。その結果人はおおまかに言って夜寝て日中起きる生活を送るようになる。母は眠ったが、でたらめにだった。そこからすべてがはずれだした。

夜の眠りに深く身を委ねることによって作り出される区切りが、わたしたちを日々の時間の中に固定する。そのとき、目覚めは出発点となる。だが不眠、またはどろどろした微睡みの場合、人は時の流れにあまりにぴたりと寄り添ってしまうために、その流れを味気なく感じる。すべての時間、すべての瞬間が見分けのつかないものになり、時間や瞬間に寄りすがったり、時間や瞬間をもとに見当をつけることができなくなる。母が――朦朧として――、「眠りすぎた」といって嘆いたことがあったが、わたしには彼女が、眠りが日中に広がり、日中をその陰で覆ってしまっていることを言おうとしているように聞こえた。

先述したが、ある日曜日、連れて行かれた先の別荘で一晩過ごした母は、朝目覚めて、ロシア語しかしゃべらなくなっていた。日常彼女がロシア語でしゃべる機会は、もうこの何年というもの、すくなくとも夫が亡くなってからというものは、とても少なかった。けれども母はもしかしたらそのひどく孤独な生活の中で、彼女の家、彼女の思考の中で、ロシア語をしゃべっていたのかもしれない。ロシア語で自分自身に、声を出して、あるいは無言のまま、しゃべりかけていたのかもしれない。その日曜日、母を取り巻いていた孫やその招待客たちのひとりも彼女の言うことが理解できなかった。それでも母は自分の言葉をしゃべり続けた。当然わかってもらえると思ってか、そんなことをまるで気にかけずに。つまり母は独りでしゃべりつづけたわけだが、そうすることによって皆の共生の場に自分の「独り語り」の空間を存在させ、その場から離脱したかのようだった。そうした離脱はわたしたちの一人一人が経験しうることで、それを自ら引き起こしたりさえするのだが、そうした離脱を強調するかのように母は独り語った。その離脱とは、わたしたちが他人といるときに、隣りにいる者を招き入れることなく、どうすることもできずに自らの暗闇の内で繰り広げ続けてしまう、内的で混然としたあの会話のことだ。

言葉の括約筋

新しい問題が現れたのもやはり彼女の睡眠中だった。時折おねしょをするようになったのだ。彼女はなにも言わなかった。もしかしたら気がついていなかったかもしれないし、もしかしたら恥ずかしくて隠したのかもしれない。わたしのほうも、この彼女にとって新たな問題――そしてわたしにとってもまた一つ悩みが増えることになるわけだが――をすぐ認めようとしなかった。人は成長してゆくなかで、大人に躾られ、また神経学的な接続によって、眠っているあいだ、とくに筋肉が弛緩している期間に、ほぼ自動的(自動運転という意味で)に括約筋が締まるようになる。そのようにして身につけたものが、ここにきて失われはじめたのだ。眠りはふたたび、はてしない迷走のときとなり、そこから迷走はさらに広がり、生活全般を侵食しようとしているようにみえた。

そのときわたしは思った、もしかしたら安易で、小手先だけの考えかもしれないが、排尿に対する自制力の衰えは、この自制力は一度身につくともう意識しないものとなるわけだが、それが衰えるのは、言葉に対する自制力——この傾向が同じ頃見受けられるようになった——が衰えるのと同時なのではないかと。彼女は言葉を抑えなくなり、しゃべる相手がいないときでも、あるいは自分に語りかけているわけではないときでも(彼女は声を出して瞑想したり、考えたり、内面を語ったりしなかった)、言葉は彼女の口をついてでてきた。そして年月が経つとともにこの言葉は次第に彼女を支配するようになり、彼女の考えや内的な生活の表現であることをやめて、暴君となって彼女の内に陣取ったかのようになった。こうした症状が見られるようになった当初、彼女はそれを自分の言葉と認めたがらなかったが、たしかにそれはほんとうの意味で彼女の言葉だといえるものではなかった。

いまの母

ある日——彼女はまだ自分の家に住んでいたのだが、彼女の思考能力と記憶力はひどく傷み、蝕まれ、摩耗していた——、わたしが来るように頼んだ医者の言うことが、聞こえもしなければ理解もできないことに、哀しみを覚え、おだやかに怒りながら、母はこう言った。「あなたは——それはわたし一人を指していたのか、それとも医者も含めたあなたたちだったのかよくわからなかったが——わたしをもうなにもわからない人に変えてしまった。」(のちになって病院生活を送るようになってからも似たようなことを言った、それはよりはっとするような奇妙な言葉だった。なぜならその文章のなかでは、彼女の人生のさまざまな時代が一緒くたに押し潰されていたから。「わたしはかわいい娘だったけど、もう自分がだれだかよくわからなくなっちゃったよ。」)彼女をどうやってわたしたちは変えてしまったのだろうか。彼女の代わりに答えるならば、彼女の面倒をみることによって、彼女が自分でできなくなってしまったことを代わりにすることによって、変えてしまったのだ。買い物、食事の支度、そして、家の掃除をし、夜泊まってくれるお手伝いの人を無理矢理頼み、母にとってひどく屈辱的なおむつの交換をしてもらう、そうしたことによって母を変えてしまったのだ。より一般的に言えば、彼女と世界のあいだに介入することによって、彼女が自分の人生の軸に据えてきた責任感と注意力を彼女からとりあげてしまったのだ。

彼女を一体なにに、だれに変えてしまったのだろう。

彼女のよく言っていたことだが、学校に行くようになってからいつも彼女は面倒をみる人だった。リトアニアの小学校で、お友達がスケートをしにいってしまったあと、彼女はそのお友達の算数の宿題をするために残ることをまったく厭わず、誇らしく思っていた。その勢いにのって、優等生だった彼女は、彼女の街で女の子としてはじめて、大学生になりたいと思った。首都のコヴノ(またはカウナスともいう)に上ったが、そこでの教えに満足できず、両親から外国の大学に勉強しに行かせてもらうこと、その勉強を経済的に支える(旅費、入学費、下宿代、食費、本代)約束をとりつけた。彼女の両親は彼女を愛しており、彼女の才能を認めていた(とくに父親は)ので、承諾した。そして彼女はパリのソルボンヌ大学で化学の勉強をすることになる(小さい頃、棚のなかにしまってあった有機化学のプリントを眺めたものだ。それは「複式書記」で、最初は、とても几帳面な美しい字で書かれていて、あとから複製されていた。わたしは尊敬の念をもってそれを眺め、そこに読みとれる教育的な明晰さが好きだった。彼女が一人で引っ越しをしたときに、それらは情け容赦なく捨てられてしまった)。

パリに到着すると、言葉のわからない国で彼女は家を探さなくてはならなかった(彼女は、トゥルノン街のホテルの部屋をシェアしてくれる同じリトアニア出身の女性を見つけた)し、食べるための習慣を身につけ、街のなかを移動したり、新しい人と知り合ったりしなくてはならなかった。それは気の遠くなるような任務だ。しかし、学びたい、なんとかして頑張りたい、成功して、両親になんとかなったことを見せたいという気持ちが、見知らぬ土地での生活に順応する力を与えたのだろう。彼女のめげない気力、そして精確さをわたしは知っている。また、わたしの出会った何人もの留学生の例が、想像を絶するようなそうした力業が可能であることを語っている。

彼女がパリに出てきて間もないころについて、わたしはまだ知りたいことがあるのに、もうそれを知ることはできない。なぜなら彼女はもはや質問に答えられないし、そのころの彼女を知っている人はもういないだろうから。なにしろ彼女は一〇〇歳になろうとしていて、だれよりも長生きしているのだ。学生だったころ、リトアニアの小中高でそうだったように、みなの面倒をみる人だったのだろうか。それとも、すくなくともこのパリの数年間は、親が面倒をみてくれなくなって、自分で自分のことをとりあえずしなくてはならないときの軽いエゴイズムを経験したのだろうか。夢見るような心地でわたしは彼女がそうであったことを願う。彼女の人生は大学での勉強と、生きる上で必要な気楽さ、踊りに行きたい(彼女が踊りに行くのが好きだったこと、ビュリエのダンスホールに行っていたことをわたしは知っている)、可愛いと思われたい、異性とちょっと遊びたいといった欲望のあいだで彼女は引き裂かれたりしたのだろうか。そうであることを願いたい、若い娘であった彼女の目元に、そっと、その方向で声援を贈りたい。なぜならわたしはその先の物語を知っているから。ほら、もう見えてきた、彼女よりも十歳も年上で、魅力的だがどこか暗い男性の姿が。有無を言わせないような知性と、複雑で悲観的な性格を持ち合わせたこの男性は、彼女をしばし口説き、結婚し、わたしの父となる。わたしの幼少時代の記憶から、それからの彼女を想像するのは容易だ。彼女は家庭に入ることになるが、その役柄に向いていなかったとわたしは確信している。父が、彼女にたいして妻、そして母親になることを望んだために、彼女はなろうとしていた化学者の道(パストゥール研究所で働いていた)を断念した。父は聖書の妻を称える箴言を好んで引用した。三十一章の箴言だ。「だれが賢い妻[*échetchayil*, それはほとんど「強い」、「戦士のような」という意味合いの表現だ]を見つけることができるか、彼女は宝石よりもすぐれて尊い。その夫の心は彼女を信頼して、収益に欠けることはない。[2]」母は役割分担を承諾した。父は家族の長となる。つまり、家庭に必要な金銭を稼ぐ任務と名誉を担うと同時に、研究者または学会のメンバーとして、あるいは活動家や活動のリーダーとして(シオニズムの運動や、社会主義の)公の場に位置を占める。要するに心配そうな面持ちで新聞を読み、ラジオを聞き、黙って彼の言うことをきくことを要請する人だ。わたしたちの立っている歴史的地点を読み解く役割の人、それが父だった。

母にとっては家をきちんとすること、子供を産み、育てること、そしてそれにまつわるすべてのことが役割として充てがわれ、夫のしばしば批判的な監視のもとでそうした役目をこなさなければならなかった。

彼女は彼を尊敬し、愛していた、あるいは愛していると思っていた、あるいはそれが愛かどうかなどというどうでもいいことは考えなかった。いま振り返ってみれば、彼女がこうした新しい務めを柔軟にこなしていったことに感心せずにはいられない。彼女はそれまで胸に宿していた夢を退け、決して自分に向いていないこの新しい領域に新たに責任を感じるように自分を仕向けていった。それが彼女にそぐわなかったということをわたしはいろいろな点で知っている。たとえば彼女は主婦として、料理をすることに楽しみを見出さなかったことをわたしは知っているし、客をするときも意匠を凝らすことはなかった。しかし彼女は彼女に帰する仕事はとてもまともにこなした。工夫したり、楽しんだりしながらではなかったとはいえ。

彼女はかつてそのような人であり、そのように生きた人だった。

三十年以上の結婚生活のあいだには、まず不穏な三〇年代があり、そののち、戦争と占領という困難な年月が続いたが、彼らは心配事をお互いのあいだで分担するようになっていた。分別がつくころには、わたしはそのことに気づいていた。公的な生活や仕事に関することは彼、家のことは彼女といった役割分担だけではなかった。心配事は二人にとってちがった意味合いをもち、ちがった作用を促した。父の領分はよくないことに関して気を揉むこと、それに対して対処できるよう準備すること、さらに近いうちにもっと悪化しそうな事態を見据えようとする、そうした絶えざる気遣いだった。母のほうは、行動に移るための心配をし、しなくてはならないことの連鎖に対処するために心を砕いた。多くの女性がそうするように、彼女もまたしなくてはならないこと(買い物、各種手続き、必要書類など)を箇条書きにし、ひとつこなすたびに印をつけ、そうすることによって几帳面であることを示すと同時に、彼女の奥深くに眠る本来の自分と、文句一ついわずにこなすことのあいだに開きがあることも表現していた。しなくてはいけないことをする歓びだけを感じながら。

わたしはこの二つの心配のしかたを受け継いだ。

どうして見舞いに行くのか

収容されている人、入院患者、病気で、年老いた人に会いに行く。それはしなくてはならないこと(ユダヤ教の戒律の六一三の *mitsvot*〔ミツワー〕の一つであり、また法王も毎年一度ローマで、しきたりとして、厳かにこれを執り行っている)で、自明のことだ。難しくても行かなくてはならない、しばらくご無沙汰してしまい、もっと頻繁に行くべきだったところをそうしなかったために後ろめたく、迷っているにしても。重要なのは自分がどう思うかではなく、相手がどのように感じるかだ。そのこと自体を問題に付したいわけではない。もしそうしたら、人間の世界そのものが崩壊してしまうだろう。でもこのこともまたもう少し宙吊りにし、考えてみたい。わたしのよく知っているこの特別な場合において、なにが起こっているのか、わたしの時間の多くの部分を占め、スケジュールを埋め、もう長年わたしと、わたしのしなくてはならないことやしたいことのあいだに入り込んでくるこの事態を注視したい。「いや無理だ、木曜の午後は母に会いに行くんだ。」あるいはまた「パリを一週間離れるのはちょっとむずかしいんです。母に会いに行けなくなるから。」

なのにわたしが彼女の部屋にやってくるとき、または彼女のベッドや車椅子に近づくとき、彼女はだれかがいるということに気づかないようだし、もちろんそれが息子だということもわからない。

たしかにわたしがほんとうに昔から(もうずっと、すくなくともわたしにとっては「ずっと」)知っている彼女は、自分の気持ちを大袈裟に表現するような女性ではない。

彼女はそういう人ではない。彼女はユーモアで人生に彩りを添え、人生を耐えられるものにするが、それは出来事を落ち着いて受け入れることを意味し、予期せぬ出来事の暴力的な到来を飼いならし、人間的なものにするためのユーモアだ。世界の暴力を強調し、増長させて、そうした暴力に大きな影響を受けそうな人たち(子供、肉親、隣人)にそれを強要してはならない。自己を防衛しているわけでもないと思う、なぜなら深いところで彼女が傷ついているということをわたしは知っている。彼女が泣くところを滅多に見たことはない。一度は、妹の一人が亡くなったことを電話で知ったときだった。咄嗟のことで、泪をこらえることができなかったことを恥ずかしく感じていることがわかった。その日、もしそうしたことをあえてすることが必要だったとすれば、彼女が自分のためにとってある感受性の強さを推し量ることができた。

だが彼女の知覚がこれほど変わってしまった今日(もうほとんどなにも見えないし、耳も遠く、体を動かすのは難しく、なにが起こっているのかたしかめるために上半身を少し回すのさえ大変だ)、彼女の表現もまったく変化してしまった(彼女の言葉は形式化し、うまく分節されず、たどたどしい)状態で、彼女がわたしの到着に無頓着だと考えることは容易だ。さらには——そしてまさにその誘惑は強く、そう思いたくなるのだが——ベッドの上にいるのは彼女ではないと考えること。それが彼女の肌であり、彼女のあの青い眼であるとわかっていても。とくに歯がなくなってしまい、入れ歯を入れなくなってから、崩れ、変わり果ててしまった彼女の顔でさえ、それがやはり彼女の顔だとわたしにはわかるのに——いや、やはり彼女だ、二日おきくらいには会いに来ているのだから。しかしそれがもはや彼女ではないとしたら？　たしかに聞き慣れた名前の、戸籍上の彼女であっても(代理人、後見人を立てることが必要になったとはいえ)、心理的な人格はもうそこに宿っていないとしたら？　それはたしかに彼女の身体だけれど、それに彼女がもう住まっていないとしたら？　そこにあるのは単なる生理学的な機能と、反射神経と、ボロボロの崩壊した記憶力の総体に過ぎなかったとしたら(自分がだれであり、数秒前どんなだったかを覚えていない人はまだ人なのだろうか)？　彼女はわたしが帰るとき、パニックを見せることも悲しそうな顔をすることもなく、私がやってきてもべつに嬉しそうにもしない。ならばわたしがいようといまいと、彼女の感じることになにも変わりはないのではないかとつい思いたくなる。

けれども看護師や看護助手が「パシェさんこんにちは！」と呼びかけると彼女は反応し、フランス語かロシア語でなにか言う。そしてわたしはそれを聞くと小さな衝撃を受け、無関心でいられなくなる。彼女はわたしと関係のある唯一のマダム・パシェだ。

だがこの戸籍上のアイデンティティで満足するわけにはいかない。彼女は自分の名前を呼ばれたときに、ほぼオートマティックなしかたで反応し、応えているだけだと考えることもできる。それは、彼女の一部が、習慣によって寄せ集められた一つの塊のようにして(彼女の入っている施設のスタッフはそれをそのまま保存しようと苦心していて、施設の方針どおり彼女を名前で呼び続けている)存続しているということしか意味しない。そしてこの場合は、彼女の残りの人格は破壊されているか、解体されているということになる。

子供に名前が与えられ、子供がその名前を呼ばれたときに反応するようになる、そのとき、その子の戸籍上のアイデンティティ形成において、最初の大きな一歩が踏みだされる。その後、その子は次第にその名前の人格を所有するようになり、その責任を負うようになるだけではなく、その意図や考えを秘めたり、伝えたり、世界のなかで自分の道を切り開いたり、世界に彼を産み落とした者たちに背を向けたり、人と同盟を結んだり、そうした同盟を放棄、あるいは裏切ったりするようになる。しかし母が自分の名前を呼ばれて応えるのは、むしろ、彼女のアイデンティティの崩壊の最後の過程に差しかかっていることを意味しているだろう。

つまりわたしの母だからわたしは行くのだ。わたしの母の象徴、あるいは思い出だからではない。彼女がわたしのことを思っているとも、待っているとも思わない。しかしだからといってその反対であると断言することはわたしにはできない。

＊

時計の文字盤で時間が読めなくなってからもう何年も経ち、彼女は時の中でまるで指針を失っている。もっと深刻なのは、彼女が夜と昼さえも区別できなくなってしまったことだ。数ヶ月前まで、車椅子に座らせて、病院の庭に降りることができた。そこで彼女は漠然とだがまだ日中であるということがわかり、皮膚に空気を感じ、――まるでゲームでもするように、なぜなら彼女が保持している言葉のオートマティズムは、彼女に大人ごっこをさせているようなものだから――先取りして、「帰る」と、「今晩」のご飯の用意をしなくてはならないと彼女に言わしめた。二〇〇五年四月に、皮膚と目に暖かみを感じ、「太陽にあたるのは気持ちいいね」と言ったとき、わたしは俄然なぜ自分が母に会いにいくのかがわかった。いま現在では、彼女がそうした言葉を言ったとしても、それはその日のそのときの感じとはいかなるぼんやりとした関係もありはしない。

つまり(そしてこれがまさに問題なのだけれど)、彼女は時間の中で指針を失っている、だからわたしは、彼女は待っていないと、彼女は待つことの試練またはその苦しみにさらされていないと言って胸をなでおろすことができるかのようなのだ。行こうと行くまいと、彼女にとっては何も変わらないと、そう言って自分をなだめることができるかのようなのだ。

あるいはまた、時の試練を彼女と共有するために自分は行くのだと考えてみる。それはあまりにも朦朧とした待つ時間で、なにか待つものがあるということさえ彼女は忘れてしまっているのだが。彼女がわたしと同じ世界にいるわけではないということを自分に言い聞かせようとする。あるいは、より単純に、彼女に関して考えることをやめるようにする。

*

生まれ出て、わたしたちに苦しみと必要をおぼえた。泣き声をあげ、助けを求めた。叫んでもいいということを確かめもせず、他に人がいるということ、助けてくれる人がいるということを知る余地もないときに、泣き声をあげた。種の進化によって私たちには母親を呼ぶための声というものが備わった。そして、わたしたちは一度与えられ、そこで味をしめたその助けをふたたび望む。それはもう当然与えられるべきものとして要求され、ちょっとでも待たされるとわたしたちは火がついたように泣いた。

そして待つことの忍耐を次第に学んでいった。すぐに助けが来ないときに自分自身に対処することを、そうしたときに見せていた生きるために不可欠な性急さそのものに対処することを学んだのだ。わたしたちは時というものを学んだ。つまり遅れを、必要、または欲望と、その充足のあいだに横たわる距離を。

(わたしはしばしば忍耐と性急さについて書いてきた。両方ともわたしには馴染み深いものだ。自らの「内面の生活」を発展させるよう自分に教えることによって、外からの刺戟や手助けに対してもっと自立できるようになる、そんなことについて書いてきた。しかし今回はそれとはまたちがった忍耐の問題だ。助けられたり、なにかに頼ったりすることができない状態に耐え、時間が無慈悲にどんどん広がり、長くなるばかりなのに、将来に対してなにも期待することなどできない、そんな人生の段階についで考えなくてはならないのだ。)

健康に恵まれ、つねになんらかすることのある人間たちにとって幸いなことに、種の進化とわたしたち以前に死んでいった何百億もの死者のおかげで、わたしたちは生まれたときから信じられないほど優れた、必要以上に大きい脳を分け与えられた(そのおかげで誕生は困難で苦痛を伴うものとなるのだが)。この超高速で超有能な脳をわたしたちは高齢になってももちつづける、もう無を喰むことしかすることがなくなってしまっても。その精力が減退しているとしても、まだ脳は活発にすぎ、旺盛にすぎる。もう心配することがなくなり、とくに様子をうかがったり、観察したりする必要のあるものもなく、活き活きとしたもの、瞬間的でびっくりするようなことに見舞われることもなくなって(だから年寄りは動物、そしてとくに子供を見ると喜ぶ)、脳にあげる餌も刺戟もとくになくなってしまったというのに。年寄りが出くわすことのできる数少ないいくつかの対象も使い果たされてしまったとき、脳には、痴呆状態やうたた寝や眠りに反射的に逃げ込むくらいしかもう残されていない。でもそれも度を越さないように気をつけなくてはならない。寝すぎると不眠症になってしまうわけだから!

しかし昨日(二〇〇五年十月十九日である。彼女はもう何ヶ月もまえに九十九歳の誕生日を迎え、混乱し、まったく迷子状態で過ごすようになってからもう何年も経つ)、小匙でおやつを食べさせたあと、そろそろ帰ろうとしながら、いつものように彼女にロシア語の文章を投げかけた。彼女の耳に届くかもしれない、彼女が「理解」

するかもしれないと思ってそうするのだが、場合によって彼女はそれを繰り返すことがある。そんなときはこちらとしても本当に励まされることになる。その日も、そんなことを期待しながらロシア語で話しかけると、対話のようなもの、驚くべき会話のようなものが突然成立しはじめたではないか。翻訳してみると以下のようになるだろう。

「じゃあぼくは帰るよ」とぼく、すると彼女は「なんで、なにしに?」

ぼく:「仕事をするよ。書いているんだ。」――「なにを書いているの?」――「本だよ。」――「なんについて?(*o tchiom?* このあまりにも的を射た問い、彼女から発せられるとは思いもよらなかった問いは、彼女がこのやりとりに関心を寄せていることを示すと同時に、わたしのすることに関心をもつことができ、それが彼女にとって何らかの養分になりうるという事実に、わたしは茫然とした。)」――「お母さんについてだよ。」――「わたしについていったいなにを書くことがあるだろう?」――「お母さんの人生をだよ、どんな経験をし、どこで生まれ……」――「ポニヴェージュ[Ponivėje]で」(母はわたしの文を終わらせた。完全な事実ではないけれど。なぜなら彼女は、ポニヴェージュではなく、ヨナヴァ[Jonava]に生まれたから。しかし彼女は幼少時代と思春期の大半をたしかにリトアニアのポニヴェージュで過ごし、そのあとフランスにやってきたのだった。ポニヴェージュというのは、リトアニア人がパネヴェジース〔Panevėžys〕と呼ぶ小さな町の、ユダヤ人の呼び方だ)。――「どうやってお母さんがフランスに来て、どういうふうにして結婚したか……」――「えっ、わたしは結婚したの?」――「うん、だれとだったか覚えてる?」――「ううん。」――「シムカ〔Simkha〕とだよ。シムカは覚えている?」――「うん。」

だからといって彼女の頭がしっかりしているということではないし、自分のことができる状態にあるということでもなく、自分がどこにいて、だれで、だれかであるということがどういうことなのかはっきりわかっているわけでもない。しかしこうしたことすべてはまだ完全に消えたわけではなく、彼女の僅かに残っている意識と記憶からそれほど遠くないところに漂っている。もう完全な彼女ではないけれど、それはたしかに彼女だ。もちろん衰え、能力も体格も縮小してしまったが、たしかに彼女で、彼女以外のだれでもない。そして彼女のしゃべるロシア語。それは貧しいロシア語で、他のロシア語をしゃべる人との交流に支えられたり、豊かになったり、刷新されたりすることのなくなってしまったロシア語で、彼女のアイデンティティを記す特徴になっている。それが彼女が何者で、この施設のほかの人たちではない者であることを示している(ここにはもう一人そういう女性がいる。トランシルヴァニアの人で、わたしとほぼ同い年とおぼしき娘さんが毎日会いにきて、ハンガリー語でしゃべりかけている。耳が遠いらしく、しゃべるというよりは叫んでいるのだが。この親孝行な娘さんとわたしはしばしばことばを交わし、お互いを励まし合っている)。母のロシア語は家族のあいだでしゃべるもので、私用のものだ。父とそれでしゃべり、アメリカに渡った弟にそれで手紙を書いていた。また、他のすべての言語を退けて彼女は自分にそのロシア語で話しかけ、わたしがそこにいて受け答えをしてあげられないときはそれで独りでしゃべっている。わたしにしゃべりかけるときもほとんどこのロシア語だ。彼女がだれかにしゃべりかけるとして。

幼少時代をつうじて、移民の子供がつねにそうであるように、わたしは状況によって言語を変えられる両親を尊敬の念で見ていた。ほとんどの場合両親はフランス語でしゃべったが、二人のあいだ、それから何人かの友人とはロシア語をしゃべった。母はいまだに一つの言語から別の言語にやすやすと移ることができる(彼女は決して人の言ったことを翻訳したり、自分の言ったことを翻訳するのが得意であったことはないけれど)。しかし彼女は状況が自分に何を要請しているのかがわからなくなってしまい、身の振る舞い方もあやふやになってしまった、そうしたいま、彼女は、自分の孤独の言語であるロシア語に反射的に戻ってしまうのだ。

＊

わたしはまた経験から、「政治的」な直感から、母を見舞いに行く。彼女の身はこの病院のスタッフの責任感とやる気と親切心に委ねられている。定期的に彼女に会いに行くことによってわたしはこの人たち(全体的には賞賛に値するのだが、つねにというわけにはもちろんいかない)に、自分が彼女のことを気にかけ、彼女が丁重に扱われ、わたしがまたそれをチェックしているということを伝えているつもりなのだ。まったく役に立たないわけではないだろう。わたしはこの女の人を少しでも守ろうとしている、わたしが幼いころ、必死で手をつないでもらっていた人だ。

＊

この務めを果たすには、かつてラ・ボルド病院(3)にいたフェリックス・ガタリのような人がいればほんとうは一番いいのだが。彼のように、わたしに近しいこの気の狂った女性が言うことの滑稽さ、おかしさ——多分に意図的でない——に注目し、面白がってくれる人がいればいいのだが。

彼女はやはりそこにいる

二〇〇五年十月十九日のこの場面はことを複雑にする。彼女がもうそこにいないと思うこと、いたとしてもそれはもはやひどく衰退した形でしかないと思うこと、この部屋に残っているのは彼女の余韻にすぎないと思うことのほうがわたしにとっては容易だろう。彼女で残っているのは、彼女が保管していたさまざまな書類や写真(それはいまやわたしの家にある)と同類のものだと思うこと。そうした書類を彼女はもう見ることも、読むことも、それが何だか判別することもできない。彼女の人生についてそれらは語り、彼女の出会った人たち、人生のさまざまな出来事(移住、大学、結婚、子供、再会そして喪失)について語っているのだが。

いや、この病院の部屋にいるのはたしかに彼女だ。より精確にいえば、わたしの確認した限りでは、言葉や質問をなげかけて彼女を刺戟するだけの忍耐力がわたしにある場合、彼女は聞いたり、理解したり、応えたり、少しであれ会話をしたりするかつての能力を部分的に取り戻し、そうやってこの世で彼女だけが演じられる役割を果たすのだ。

こうしたことから、人と一緒にいることや孤独というものが及ぼす作用について一つわかるようになったことがある。それは、精神生活というものが、精神生活を「ある種の」内的対話だとすれば、それが続くかどうかも、それが営まれるようになるかどうかも、相手と会話する可能性にかかっているということだ。プラトンが『テアイテトス』のなかで思考を内的対話として定義しているが(「思考とは魂がとりあげる問題について、魂がそれ自身とやりとりする言説である……、魂は考えるとき、まさに自分と対話すると思われる、問いかけては答え、肯定しては否定したりしながら」)、『ソフィスト』にもそうしたことが書かれていたと思う。わけても問題は、「それ自身と」がなにを意味するのかを理解することだろう。ここで前提とされていることはおそらく、考えている者、思索している者が、台詞ごとに役を変え、対話者がいないことを埋め合わせるために、精神をひねって、いま言われたばかりの言葉に面と向かい、架空の対照的な人物に自分を投影しながら、別の立場を主張する役割(たとえば向こう見ずに対する慎重さ、あるいは党派的な精神に対しての視野の広さ、自分だけへの配慮に対してみなのためを考えること)を引き受けることだ。チェスをしようとして(シュテファン・ツヴァイクの物語『チェスプレイヤー』の主人公がそうだ。彼はナチの手で独房に閉じ込められている)、一手を打ったばかりの自分というプレイヤーに面と向かおうとして、この最初の人物の利害を忘れて、一時的にライヴァルの利害を自分のものとして考えようとするのと、それはちょっと似ている。「人物」といまわたしはいった。ある意見を最初に述べる者、あるいはボード上の駒を最初に動かす者は、そのあとわたしたちがそれに対抗する役割を負わせる者に比して、より一層「自己」であるわけではない。なぜならしゃべるとは、なによりもまず、そこにある言葉を、潜在的な可能性として汲みとって発言するために、一歩前に出ること——実際にはたとえ動かなくとも——だと思われるからだ。

*

わたしたちがこうしたことをはっきりと認識することができないのは、おそらくわたしたちが自分の精神生活に対してもっている混乱した知覚にもとづいているだろう。それはまるでそれ自身に溶接されているようで、多様化されていながら、統一化された一つの塊となってわたしたちの内的時間の中を進んでいくように思われている。そこには他よりも一層光のあたる中心的な領域があり、残りは薄明かりか影(はてはまた、地下聖堂か無意識の秘密)のなかにとどまっている。光の部分も影の部分も、主体の意識によって統一されているという前提のもとで。わたしたちが精神生活についてもつこの直感的なイメージは、「意識の流れ」*stream of consciousness* と呼ばれる理論によってそれとは知らないうちに強化されている。それはその発明者ウィリアム・ジェームズやその後の人たちに提唱され、作家たちによって作品の題材に選ばれたり、作品の基礎に据えられたりしたあの「意識の流れ」だ。

だからだれかと一緒にいないとき、独りでいるとき——他人が強いる音から解放されると——、他人がやってくるまえにはじまっていた無限の内的な対話が自分の中で続いているように感じるだけではなく、それが続いているという強い感覚を覚える。それは他人といるあいだも、私たちの頭蓋骨の内側で密かに続いていたわけで、ふたたび容赦なく、その過酷なレースがはじまるのだ。

母の例はまた別のものを暗示している。これとは反対のことですらあるかもしれない。だれかと一緒にいることがなくなり、相手の質問や答えによって、そして相手の存在がそれだけで強いてくる緊急性によって、なにかが活性化されたり再活性化されたりすることがなくなると、わたしたちの内的生活の基礎の一つである「対話」が失われてしまうのだ。

ここ数年のあいだに、孤独が彼女をどのように変えたかをよく物語っている例を一つ。彼女は一つ質問し、答えを待たず、自分で答える(期待された、あるいはもう期待すらされなくなっている、決定的に不在な対話者の役割を演じるかのように)。この危険なゲームに次第に身を許していきながら、彼女が人格を失っていったと、あるいは自分の言葉に自ら住まうことをやめていったとわたしは感じる。そのある種の証拠、一例を挙げてみたい。実際には完全な証拠とも言えないのだが。というのも彼女は、昔することのなかった間違いをロシア語でするようになったのだ。*Ia prichla*「わたしは来た」という動詞の女性形ではなく、*ia prichol* という男性形を使い、まるで自分が自分ではなく、自分が女性である自分、女性としてしゃべっている自分ではないかのようなのだ。わたしはそっと直すのだが、そうすると彼女はまるでなにも変わらないかのようにその直しを取り入れて繰り返す。自分ではないだれかに、その人の場処に身を置きながら答えるという新しい習慣を身につけ、彼女は自分自身であることをやめてしまった。彼女はホールのようなものになってしまった。そこを——数少ない瞬間を除いて——彼女の知っている言葉が通過し、そこで彼女はそうした言葉をまた繰り返すのだ。

彼女のうちには会話の塊がいくつか残っていて、そこには最低限の生が含まれており、語りかけられたときに相互作用を起こすことができる。しかし意識や、実感された知というものはどうやら崩壊してしまったようだ。子供のとき、実感された知を身につけるのはあれほど大変だったというのに。なぜならそれはとても複雑であるからであり、また世界が存在しているからであり、その世界とわたしたちが別のものでありながら、わたしたちがその世界の中に存在し、その中で生きているからだ。存続しているのはおそらく私的な世界で、それはだいたい彼女の混乱した意識に相当しているのだろう。だいたいというのは、外から食べ物が彼女に与えられること、そして面倒を見てもらうことを彼女が認める(しかしこれはすぐ消えてしまう)からだ。しかし彼女はまだときどき努力してこんなことを言う。「ここはなに？　ああ病院ね。」「ここ」と言いながら彼女は一つの世界に触れている。その世界は遠ざかり、その現実は薄れていっているのだが。

このすべては段階ごとに起こっていったことだ。彼女の状態は一直線に悪化していったのではなく、一旦休止したり、和らいだり、驚くような回復を見せたりした(まるで彼女という宇宙船が一時的に自分で自分を修理するかのように)。わたしは彼女が迷走していると思っているのに、彼女のある言葉がわたしを驚かせ、彼女にとって世界が完全に失われてしまったわけではないことを教わることもあった。あるいは、わたしの妻が亡くなったことを忘れていると思っていたのに、わたしの「新しい女友達」に関して、ありえなくはないような質問をする。または彼女のいる場所に関して、彼女がもっている間違った考えをわたしが正そうとすると、なすすべもなく苛立ちながら、そうした苛立ちとは対照的な明敏さで、「わたしとおまえはまるでちがう言語をしゃべっているみたいだよ」と言ったりした。

彼女は言葉《ラング》の外に落ちてしまったわけではない(彼女が知っている、あるいは知っていたどの言葉の外にも)。彼女としゃべることは、あなたのしゃべる言葉がわからず、音と音の判別がつかず、こんがらがった音しか聞き取れない人としゃべるのとは全然ちがう。彼女には、いくつか、言葉の完全な部分が残されているのだが、欠けた部分もあり、使えなかったり、凍結されていたり、取りだせなくなっていて、言葉の波間で泳ぐ能力は失われ、言葉が物にたいして向かっていったり(かわうそのような柔軟な動物のように)、そこから派生したりする際の勢いに乗じる能力もない。たとえばだれかに出会い、その名が——一瞬前にはどうしてもわからなかったのに——すらすらと出てくるときのようなあの勢いのことだ。

彼女のベッドの脇に座ったり、彼女が車椅子に座っている(座っていた)ときはその隣りにいると、時間がとてもゆっくり流れていくこともあった。しかし終いにはわたしは繰りかえしに苛立ち、だれもリードしているわけではない言葉のメリーゴーランドの加速に過敏に反応してしまう。いっとき、十五分か二十分くらいはわたしも、このだれに向かって放たれているわけでもないのに、演じられ、対話形式にもとづいた言葉《パロール》に耳を傾けていた。発話者はくるくる変わり、現実には存在しない人物が会話しているようであり、その内容は不確かだ。会話が進むあいだに内容が変化するのだ。それは気まぐれや、突飛な発想からではなく、直前に言ったことを覚えておくことが彼女にできないからだ。

彼女が（わたしを）見る仕方

しばらく一緒にいると、彼女はわたしがほんとうにそこにいるということを納得するようになるようだ。次の瞬間いなくなってしまうのでもなく、すぐ消えてしまうイメージ、つまり安定した現実味がないため、さほど関心をもつ必要のないイメージ（でないと現実味のない幽霊に過剰な希望を託してしまうことになるだろう）、そのようなイメージにすぎないものではないということがわかると、彼女はわたしを見ているように感じる。ある特殊な見方で。

了解しているとか歓迎するといった意味合いの微笑みはない——まるでもはや彼女にとってそんなことは問題ではないかのように。彼女の顔は、具体的ななにかを表しているわけではないのだが、無表情ではない。まるでわたしが遠くにいるかのように、なわたしをはるかに見据えている。好奇心をもってというよりは、むしろ当惑した、ないしは訝るような眼差しで。彼女の言うことは、なにか突発的な事故が起こらないかぎり(驚いたり、いやな扱いを受けるのではないかと危惧したり、急になにかが欲しくなったり、従順になったりといった)、人やものに直接関わっていかず、彼女の視線は、ほんとうに存在するかどうか不確かな存在と関わっているように見える。わたしや他の訪問者が、言葉や態度で繰りかえし訴えかけても、彼女はごく稀にしか直接応えない。そういうとき彼女は自分に聞こえる言葉を介して反応する。彼女のほとんど見えなくなった目にとって、世界は現実味が少なく、わたしは、彼女のほとんど見えなくなってしまったけれど(眼鏡はもう長いあいだ調整されていない)、昔のように青い眼のなかに、優しい哀しみを見る。少し怯えているが、勇敢さを湛えた哀しみだ。それは、自分の、そして人の感情を余計に表現することに対する悲観でもあるだろう。わたしにはそれが見える、あるいはそう見える、彼女を介してそうした印象がわたしに与えられるようにある種自分で仕向けているのかもしれない。

しゃべりながら彼女は太い眉を持ちあげる。するとものを尋ねるような面持ちになる。遠くにあるもの、あるいははっきり見えないものを見ようとしているのか、なにかを理解しようとしているかのようだ。そうした表情をすることで、彼女の内面も当惑を覚えるのだろうか。それともこの顔の表情にはいかなる意図も、表現力もなく、それはたんに以前の人格の破片に過ぎないのだろうか。「そんなことはありえない」とわたしは思う。

しかしここでもまた短く、突発的に、彼女は、嘆くようなすすり泣くような片言の言葉を発する。手の指が、試すように、それとなく自分に聞かせるかのように、鍵盤の端のほうに哀しげな音を拾いにいく、そんな感じで(哀しみはふつう逆に長引こうとしてこだまし、突然止んだりせずに反響しつづけるものなのに)。

内なる言葉《パロール》、共有すべき言葉

十月十九日のように、最初は無反応な母だが、母のために、母とともに会話のようなものの状態を徐々に再構成しながら、共有される言葉という人間固有の輪の中に母を連れ戻すことは、痛みを伴う。それはおそらく彼女にとって辛いことのように思える。痺れたり、冷え切ってしまった体の末端に血が戻ってきて、液体が動脈そして次に静脈を突破して流れ込み、体とその表面において感覚が戻ってくることによって、麻痺状態が身体のこの部分を囲い込み、痛まないように、その部分自体によっても痛まないようにしてやっていたのに、その麻痺状態から呼び覚まされる、それと同じように。彼女はまず努力をしなければならず、それはそれを見ているわたしにとっても辛い。彼女は次第にその努力の味を思いだし、彼女を押しつぶしていた麻痺から抜けだしはじめる。

本当のことをいうと、わたしは彼女をそれほど近くまで(わたしの、わたしたちの近くまで)連れ戻すわけではない。それはわたしがねばらないから、やりとりを長くつづけることがわたしにできないからだけではない。彼女が目を瞠るような応答をいくつかしたあとで、方向を失い、ちがう方向に進んでしまったり、もとに戻ってしまうかまたは同じ言葉や音節を自動的に繰り返すだけになってしまうからだ。脳の機能がおそらく損傷しているのだろう。なにかの発作、小さな発作が起きたときのことかもしれない、とにかく長い年月のあいだに損傷したのだろう。

だからわたしのすることは、彼女を捉えてしまったパターンに一時的に揺さぶりをかけるだけで、氷河が流れていくようにゆっくりと彼女を連れ去っていく悪化を遅らせるだけだ。

しかしそれだけで少し時間を巻き戻すことができるようになる。以前は注意深く、ニーニアに満ちた旺盛な精神活動が彼女の人格を構成していたのが、現在の荒廃した状態になったわけで、時間を遡って、毎日毎日かくも長期に亘って孤独に暮らすあいだに彼女になにが起こったのかを想像しようとすることができる。彼女がわたしのいるところで声を出して会話を繰り広げていたとき、彼女の中でなにが起こっていたのかを、もっと内側から想像しようとすることができる。彼女がそうした会話を、独りでいる時間に、疲れ果ててしまうまでつねにしつづけていたことをわたしは知っている(わたしが背中を向けて、一度玄関のドアを締めてからもしゃべりつづけているのが聞こえていた)。こうした対話のせいで彼女は眠れず、休むこともできなかった。彼女は、それらが彼女の中から生まれるのではなく、むしろそれらに取り憑かれていると感じていた。彼女の耳に聞こえてくると同時に、自分のものではない言葉として彼女に迫ってくるのだった。

*

いつでも、頭のなかには、言葉《パロール》があるものだ。それは完全な、あるいは部分的な表現ではないかもしれない、単語でも、半単語ですらないかもしれない、頭のなかで自分で形作ったり、勝手に形成される文の勢いのようなものだ。たとえば電話をかける前や、人に話しかける前、ドアをノックしようとしているときや、なにかの窓口に差しかかったとき。あるいはまたなにかの会議に出席しているときに、発言したいという気持ちが芽生え、紙にことばを書き留めることまでしなくとも、頭のなかで文章の出だしを繰り返すとき。

それは「実践的」な活動で、下書きのように発話や会話を準備するものだ。

そうした活動に何のためらいもなく身を任せるのは、沈黙のうちに行われるこうした精神活動と、実際の対話が、違うものだということをおおよそ把握しているからだ。自分自身の内的な活動を証言できるのは自分だけだ。そして言おうとしていることと、実際に言うことあるいは言ったことを混同しないよう気をつける。

けれどもだれもやって来ない日々が続いたらどうだろう。孤独の時間が続いたら？そのようなとき、独りぼっちでいないために自分自身にしゃべりかけるのだと言えないだろうか。まるで人間であるということは、どこか重すぎることで、それを独りで支えるのは難しすぎることであるかのように。ほとんどの部分は支えられるかもしれない、本質的なところは。でも他の人が介入することを必要としている、どんなに馬鹿な人でも、下品な人であってもいい、この人間であるということの重みのほんの一部を支えてもらわないことにはやっていけない。

彼らがなにも言わないにしても、彼らの存在、彼らが通りかかることをわたしたちは望む。動物でもいい。自立した動きをし、予測できない存在であり、独自の欲望をもち、独自の仕方であなたとは違う存在である動物。そこにいれば呼びかけることができ、呼びだし、罵ったり、打ち明け話をしたりできる。彼らが答えなくても構いはしない(動物によっては、それぞれの仕方で応える場合もある、走り寄ってきたり、頭を上げたり、こちらを励ますような唸り声を上げたりして)。彼らが言葉を受けとめるその仕方に勇気づけられるのだ。家具に向かって同じように話しかけることはできない。家具はまったく無関心なままでこちらをがっかりさせるばかりだ。その無関心、その安定性こそ、家具を便利にしているところのものだが。

あるいは、その内なる言葉を自分に語りかけることができる。

そうするとき、なにが起きているのかは謎だ。

ステレオタイプ、貧しくなっていくこと

他の人と会話することによって得られること(もしかしたら彼らが黙っていても、彼らが動物であってもやはり同じように得られるものがあるのかもしれない)、それはしゃべることそれ自体の可能性を保ち、それを一段と豊かにし、新たな息吹を与え

ることだ。なぜならその機能は、使い勝手の悪い装置のように、一度設置したらそれで終わりといったたぐいの機能ではないからだ。

他の人に語りかけながら、わたしたちは声を明朗にする。そういった機会がなければ声はかれたりこもったりしてしまう。そして彼らがことばや言い回しや、独特のイントネーションを使うのを聞いてそれを自分で認識し、借用したり、自分のストックのなかに組み入れたりすることができると同時に、それらに反応し、反応する自分を感じることができる。

独りでながくいつづけ、自分にだけしかしゃべらないでいると、それもその大半が無言のうちにしゃべりかけているわけだが、そうしていると堂々巡りに陥る可能性が高い。とくに、もう本を読まなくなっていたり(母はもう何年も前から本が読めない)、ラジオやテレビさえ聞かなくなっている(その操作が難しくなってしまってから)と。もちろん、もう書くこともない。可能性としての内的言語《ランガージュ》は廃れ、麻痺し、その要素は内的な関係や、互いのあいだの関係を失ってしまう。

一つの例を語ってみたい。ロチルド〔ロスチャイルド〕病院に滞在しはじめた頃のことだ。彼女はまだ入院して日が浅く、数日前まで、自分の家に住んでいたあいだ彼女の面倒を見ていた家政婦さんのことがまだ意識に残っていた。おまけにその日、家政婦さんは丁度彼女に、面会に来てくれたあとだった。母はフランス語で、まるでわたしに教えるかのように(けれども彼女の言葉が、方角を失って空虚に侵される危険にさらされていることをわたしは体で感じる)こう言った。「家政婦さんがワグラム・ホールでコンサートがあるって言ったから、行こうとしているんだよ。」ワグラム・ホール、この表現とそれが指しているところのものと母は一九三〇年代から無縁なはずだ。彼女の語ったフレーズの中で、これらの要素は思い出として介入してきたわけではない。もし思い出というものが、参照として、あるいはその思い出が記憶に「のぼった」から、過去のなかに位置づけられ、そうしたものとして言及されるものだとすれば。ワグラム・ホールは彼女のフレーズの中では前後の関係なく登場した(母の文章が、母が一生懸命信じようとしている、一時的な前後の関係を作り出そうとしているとしても)。それはまるで、洪水が起きて、木々や車が泥の流れに運ばれるなか、突然浴槽か、お人形さんの入った籠が現れたかのようなものだ。その日、母は自分がどこにいるのかわからなかった、すくなくとも知りたくなかった。そして、准看護婦がお盆にお三時を載せてやってくると、「お飲みになりませんか?」とわたしに、このところずっとそうするように丁重な言葉遣いで問いかけてくる。わたしはお礼を述べつつ、断った。「じゃあ支払いを済ませて、わたしの家まで行きましょう」と彼女は言う。まるでそう言うことによって、サン・ミッシェル大通りの彼女の家の下のカフェがここに具現化して、そこでわたしたちがカフェに座ることができるかのように。

ここでわたしが思い出している時期は中間的な時期だ。それは言語が迷走しはじめるのを予告している。それはまた、彼女のかつての精神生活だけではなく、彼女が自分の誇りのために、自立した生活を送っているかのように思いたいという彼女の欲望の名残りである。それらは小さな嘘、小さな夢、無実な遊びだ。「小さな本を買ったんだよ」と、彼女は言う。出かけるどころか、もう二年間も地面を踏んでいないのに。「でも面白くなかったからポケットにしまったよ(別のときには肘掛け椅子にと言うこともある)」。

わたしはこうした説明をしながら、それら説明を超えるものについて報告しようとしている。いまでは彼女のものとなった(そして同じ病院に滞在している他の人たちのものでもあるのだが)このしゃべり方について報告しているのだ。それは、そのまつねに繰り返され、だれに向けられたわけでもなく空中に投げ出されるフレーズだが、大きな声で発せられ(ほとんどの場合、独り言のようなつぶやきではないのだ)、まるで見知らぬ聞き手が、あるいはどこにいるのかも住所もわからなくなってしまった聞き手が、それに応えることができなくとも、それを受けとめることができるかのようだ。それはときには明確な助けを求めるものだろう(「ここから出してちょうだい！」、「わたしのこのざまを見てちょうだい！」)が、多くの場合は控えめで、ほら、わたししゃべるでしょ、言葉がわたしから出てくるでしょ、と言っている。わたしがだれにしゃべっているか教えてください。わたしがだれだか教えてください。わたしをなにかの中に組み入れてください、あるいはわたしをわたしから解放してください。このように、同じ階の滞在者のジェルメーヌ(メメーヌ)が、六月二日に、驚くべきフレーズを言い放つのをわたしは聞いた。傲然と、しかし明晰な調子で。「わたしは半分死んでいる、わたしは死にたい。この重みから解放されたい。」

彼女はだれにもしゃべらない、彼女は「しゃべら」ない

わたしは彼女のベッドの隣りに座っている。彼女は軽く顔をこちらに向けている。わたしを見ているのだが、彼女の目はわたしの顔の上を移動しない、たとえばよくするように右目から左目へと移ったり、口を見たりしない。でも彼女になにか見えているということをわたしは知っている、すくなくともわたしの動作とか。たとえばわた

しが立ち上がって、小さな匙を近づけておやつをあげ、彼女が口を開けるとき。けれどもわたしがしゃべりかけても彼女の顔は微動だにしない、わたしのしゃべる言葉《ラング》がまるでわからないかのように。同じ言葉をしゃべるのに。「しゃべる」ということが彼女にとってわからないことになってしまったかのようだ。彼女の言うことば《モ》をわたしは理解する、それがいったいどのような意味合いをもつのかわからなくとも、意味があるとは思えなくとも。でも彼女はわたしのことばに答えようとしない、わたしのことばをおろそかにする、まるで、私に向けられているわけでも、だれに向けられているわけでもない内的な衝動にのみ――言葉《パロール》で――答えているかのようだ。彼女の有名な台詞、呪文のような *ia khatchou vam skazat'. . . chto maia mama. . .*（「わたしがあなたに言いたいのは……、ママがね……」）も、彼女が言いたいという意志を語りこそすれ、その意志を裏付けるような態度をそこに読み取ることはできない。このフレーズは彼女がわたしに語りたがっている(それも丁寧なVous〔あなた〕を使って)と言っているが、彼女はもはやわたしになにも言おうとしない。いまから一年ほどまえまでは、ここから出してくれとか、彼女が行きたいと思っているところに連れて行けと有無を言わせぬ調子でわたしに言っていたが、その頃が懐かしいと同時に、そうでなくなってホッとしたというのもまた事実だ。食堂にいたところを見つけたことがあったが、車椅子で激昂した状態で、わたしのことはわからず、ヨーグルトを食べることを拒否していた。そして、手術を受けた、あるいは受けようとしている母親に緊急に会いに行かなくてはいけないとわたしに言うのだった。外に連れていってほしかったのだ、または独りで行きたかったのだ、メトロに乗って。いつのことだっただろう。あの強烈な願望、術のない願望、欲することの情熱はあまりにも痛々しかった。二〇〇四年八月六日のことだ(メモを確かめてみた)。彼女はわたしに彼女の車椅子を、通りに面したガラスの自動ドアまで押させた。通りを行き交う交通を彼女はもう見ることはできなかったが、バスやタクシーを想像した。そしてわたしが従わないので(どうして従うことができたろうか)、「もう、怒りますよ。手伝ってくれる気があるんですか、ないんですか?」と見知らぬ人にしゃべるように(しかしだれが彼女になにかしてあげることができたろうか)わたしにフランス語で言いながら、わたしを脅し、ナプキンでわたしを叩いた。彼女の大きな手は、為す術もなく、痛々しかった。

彼女はわたしに向かってフレーズを投げかけるのだが、わたしにしゃべっているわけではない。彼女の言葉はわたしの言うことを含むことはない。わたしの言うことだけではなく、言うかもしれないこと、そもそもわたしがなにか言うという可能性すら含みはしない。しかしながら彼女は自分自身の語ることに関心をもっている、非常に熱心に、場合によっては感動してさえいる。だがそれは驚くほど一時的なことで、そのときだけのことであり、彼女になんらかの「感情」が訪れて魂の風景が変わったというよりは、彼女の精神の能力のちぐはぐなモンタージュでしかないかのようだ(こうした用語のあいだでわたし自身混乱してきた、言いたいのは、なにかが解離しているということだ)。

あるイメージが、ある比較が思い浮かんできて、なにが起こっているのかを理解する手助けをしてくれる。彼女がしばらくなにかに一生懸命になるのをよく見かけた。服や、袖口を直したり、ボタンをかけちがえないようにかけたりするのだ。そうすることで彼女は最後の歓びのようなものを見出していたように思う。身の周りの物を支配し、片付け、子供じみた小さな王国を治める。その王国は存在を脅かされているのだが、まだ彼女の手の届く範囲にあったのだ。

おなじように、彼女が、わたしがうんざりするまで繰りかえす表現(*ia khatchou vam skazat'*……もう三年もこれを繰りかえしている)も、彼女にとって身近な物のようになっているのではないだろうか。ボタンや毛糸の切れはしや襞のような物になっていて、それで彼女はいつまでも遊ぶことができ、口でもって、自分ではない言語上の対象物にたいして、自分の力を感じることができるのではないだろうか。もはやそれを口のなかでもぐもぐ言うだけだが、それは人との共通の世界に属するものであるか、属していたものだ。

病院での、最初から彼女にとって難しかった瞬間を思い出す。それは介護士が——一時期、ロチルド〔ロスチャイルド〕病院では男性の介護士だったこともある——彼女の「保護パッド」を変えるときだ。自分の親密なものを侵され、赤ん坊のように裸にされることをなかなか受け入れられなかった(しかし赤ん坊には先立つ経験というものがなく、すべてが順調に行けば、彼らはびちゃっとしなくなって、安らぎを与えてくれるこうした介護を好むようだ)。扱われ方もいつも一様に丁寧であるわけでもないし、ましてや赤ん坊にするように愛情のこもったものではない。そうなると彼女もそっけなく振る舞い、暴れたり、かんだり、引っ掻いたり、叩いたり、頭突きをしたりする(そうやって人に怪我をさせたこともある)。そして作業中彼女がなにもできないように押さえると(いま滞在しているところでは、機械のようなものが彼女の脚を持ち上げ、作業をしやすくする)、抵抗できなくなった彼女は声を使う。そうなると、廊下にいるわたしにも彼女が甲高い声で叫ぶのが聞こえる。あの彼女のお得意のフレーズ、彼女のスローガンであり、最終兵器であるあの言葉だ。*Ia khatiela vam skazat'.* もちろんこのフレーズはなにかを意味することを目的としていない。それは叫びですらない。それはまるでだれかの頭めがけて本を投げつけるようなものだ、あるいは唾を吐きかけるような。彼女は自分にとってもっとも親密なものを使う。それは、身を守るために自分から投げつけることのできるものであるという以外の意味をもってはいない。言語は彼女にとってもはや多くの場合——あるいはいつも——そのようなものでしかない。それはだれかに理解できることを伝えるための手段ではなく、彼女が自在に使えるもの、そしてそれを使って存在し、身を守り、自分自身と関係を作ることができ、時間を過ごすことができる、そのためのものだ。そしてまた、そうせずにはいられないのだ。

*

彼女がしゃべらないとはいいにくい。とにかくそれくらいしかもうほぼできなくなっており、それが彼女に残された最後のできることであるからには。スプーンが近づいてきたときに口を開けて飲み込むという行為以外では。それからときどき目で人を追うこともする、とても小さな半径で。彼女はつねにしゃべりつづけている、寝ているときもしゃべっているように見えるときがある、まるで眠りの外に身を置いているかのようだ。それはとても大変そうだが、とても意志的でもあり、水のなかで浮いているために手足を動かしているときのようだ。

ある日、まだ彼女が自分の家に住んでいたころで、限界まで来ており、危険な状態にあったとき、彼女を見にきた若い女の子が動転して、母が荒れていると言って電話をかけてきた。わたしは駆けつけた。彼女は眠り込んでいたが、まるで臨終が訪れたかのように喘いでいた(臨終かもしれないということを、そのとき、わたしは、たしかに、彼女のためにもわたしのためにも嬉しいと思った)。すると彼女は突然目覚めたかと思うと、その口から、言うのもそれに耳を傾けるのもひどく疲れるフレーズがどんどん溢れ出てきたが、それは、彼女の内面の生活を表現したり、そこから浮き上がってくるしるしであるよりはむしろ一種の強迫のようなもので、それに対して彼女は為す術もないのだ。こうしたフレーズは彼女の中から出てくるのだが、まるで彼女の外にあるかのようだ。彼女の内面性は「占拠」され、寄生され、他者の耳の及ばないところで自らを修復することのできるような守られた場所ではもはやない。

それらのフレーズにはいかなる効果もなく、なにも絡まっていかないので繰り返され、ほぼ何にも反応しない(たまにわたしの言ったことばを自分のものにして、自分の繰り言に取り入れることはあるが、その場合、もとのコンテキストは失われ、ことばの意味合いは奪われてしまう)。

それらのフレーズはいかなる効果もないが、時折あまりにも保存状態がよく(彼女の頭の博物館のショーケースかそのある部分、あるコーナーで保存されている)、それらが姿をあらわすと、はっとするような清々しい感覚を覚えたりする。突然、もうずっと開けられることのなかった石棺が開いて、古の空気が顔に漂ってくるかのようだ。

今日(二〇〇六年一月三日)もそうだった。ヴァニラ・クリームのデザートを飲み込み、ラジオでモーツァルトが流れるあいだ、そしていくつかのお互いに関係のないフレーズの断片をばらばらにロシア語で発したのち、彼女は突然フランス語でこう言った。「あの人達はシナゴーグに行ったよ。」わたしはびっくり仰天して「Schul に?」と(イディッシュを使って、言われていることの一貫性をたしかめるかのように)応じた。「そう、Schul に。」「それで、お母さんは行かなかったの?」「うん、呼ばれなかったからね」(そう言いながら彼女の顔の表情は変わらないが、子供っぽい、いたずらなユーモアの光が灯っている。ことばを使えることの歓びだ。それに彼女の幼少期の世界では、女性は祈りの家〔シナゴーグ〕に行くことを義務付けられていなかった)。「どうして Schul に?」とわたしは聞いた。「Chanukka〔ハヌカー〕(4)(丁度その時期だった)のため?」「いや、ハヌカーはもう過ぎたよ。」

もう少しあとで彼女に帰ることを告げ、「またね」と(ロシア語で)言うと、彼女は、思いがけず、*gut shabbes*(イディッシュで「良い安息日、良いシャバットを」)と答えた。そのときすすり泣くような音が少しした。泪はないのだがすすり泣きのような短い調子が聞こえた、嘗ての生活の断片が痛みを伴って舞い戻ってきたかのようだった。

こうして言葉を取り交わし、ユダヤ人の一般的な会話の表現を使うことによって、わたしたちのあいだに、脆く、儚い親密さが生まれる。それを彼女は可能にした。

だけれど、とわたしは思う(哲学の専門家がこの文章を読んだときのために書いておこう)、彼ら(?)がシナゴーグに行ったというのは本当ではないし、土曜でもない(たしかにハヌカーのお祭りは丁度終わったところではあるが)。「指示対象性」の点では失敗だ。彼女のフレーズは「ことの次第」、世界の状態に触れていない。だれかが「雨が降っている」と言って、実際に雨が降っているのとは違う。彼女にとって言葉と世界はばらばらで、世界は存在することをやめてしまった、あるいは世界であることをやめてしまった(それは破裂し、互いに離れていく断片となってその安定性を失い、そのままでありつづけるという能力を失ってしまった)。

＊

彼女の繰り返す断片や、フレーズの始まりを細々とした物や玩具と比較するのは充分なことではない。この比較を修正して、精確にする必要がある。細々とした物は動かない。玩具もだ。ただし、その形や大きさ、そこに現れている特徴や様子から、人間世界の現実を体現したり、表象したりしやすいものではある。人や動物、馴染み深い存在を思わせ、それらはあたかも言葉を受けとったり、言葉をもつことを待ち構えているかのようだ。

フレーズの断片もまた動かない物であると言えなくはない。しかしそれが動かないのは、特別なやり方においてだ。動かないのは制御され、その場所に留め置かれているからだ。一度、一つの言語を覚えたなら、そうしたフレーズの断片はその人の外に存在するのではない(用語集や、なんらかの本に収録された場合以外は)。それらは言いたいという気持ちであり、言うことのできることがらで、ある種の意志、多少あなたの意志でもある意志を息づかせている。しゃべるということは、倉庫のようなところに行って、そこに収納された単語や表現を探しだし、頭のなかにあるフレーズの組み合わせ教本(「文法書」)に従ってそれらを組み立てることではないだろう。一つのイメージがある、そのイメージは、それが自然で当然に思えるだけ、人を惑わす種類のものだ。そのイメージでは、わたしたちの頭のなかにミニアチュア版の自動車修理工のような一人のおじさんがいて、油のついたつなぎを着てアクティヴな印象を与えながら、アトリエの中を部品を探して動き回っている。彼はだいたいどこにどの部品があるか見当がついているし、自分の経験に照らして、あるいは修理している車のメーカーのエンジニアが書いている説明書を見ながら、部品を調整する。

いやいや、ちがうだろう。〈言われるべき要素〉は、だれか「発話者」が一人それに息を吹き込むのを待って、動かずにじっと待機しているわけではない。それら〈言われるべき要素〉はむしろ走るために生まれてきた馬のようなもので、ボックスのなかにとどまっているよりは脚をならし、トロットしたり、ギャロップしたり、ただ歩いたりしたいのだ。それらは自動運転のモーターで、しゃべる人はそれをスタートさせるよりはむしろブレーキをかけなければならない。しゃべりたい、言いたいという欲望はたしかに存在する。けれども、大人であることの本質的な姿勢、「常識」として、黙る能力というものがある。しゃべりはじめ、限りなくおしゃべりし、口から出てくることをそのまま、それを耳にしたことで、さらに耳にしたいと思われ、人から聞いたことかもしれないし、自分のなかで聞いたことかもしれないが、それらをそのまま口にしたい、そういうばかげた衝動を黙らせる能力。わたしはこの数年間、母においてう起こっているそのような事態に立ち会っていると思う。それはしゃべらないことの能力の衰退、あるいは破壊である。可哀想に、彼女は、おしゃべりでも外向的でもなかったが皮肉屋で、それでいて結構ものを考える方で、人にでたらめを勝手に言わせておいてから、うまく方向付けられた言葉、気の利いた一言、あるいは控えめな一言でそうしたでたらめを躓かせることのできる人だった。

ロチルドに入院して最初の数日、ひどく落ち着きがなかったとき、彼女はベッドから出ようとして、彼女を閉じ込める落下防止用の柵の間から脚を出し、点滴を引き剝がしたりして一瞬たりともじっとしていなかった。たとえば上に掛ける黄色いシーツを、ナプキンのように、夢中で首に巻いて後ろで強く結んだりした。わたしはインターンに鎮静剤を与えるようお願いしたが、聞き届けてはもらえなかった(それはわたしのためでもあって、彼女がそんな状態にあるのを見なくて済むようになるため、そんな状態にあると思わなくて済むようになるためでもあった)。目が覚めるやいなや興奮状態ははじまり、わけても彼女を疲弊させるロシア語の言葉が絶え間なく、大きな声で発せられつづけるのだった(そのせいで彼女のために個室を見つけなくてはならなかった)。そしてわたしはおとなしさ(落ち着いて、黙って、待っていること)はたんに動かないということではないと思った。それは脳の一つの機能と関係していて、彼女においてはその機能が破損しているのだ。

＊

しばしば、いくつかのことばがフレーズ、あるいはフレーズの断片を形作り、意味をもつように思えても、彼女のやり方でもっともすごい点はなんらかのイントネーション、なんらかのリズムを彼女が求めているように思えるところだ。いくつかのことば（たとえば *mama*, ママ）は彼女に、拍をつけ、抑揚を与え、リズムをもたせることを可能にする（*ma-a-ama*）。あるいは意味やことばの作成や展開に無頓着な様子でことばをどんどん発しながら、指で元気よく、小さなテーブルや布団、椅子の肘やわたしの傷んでひどく過敏になっている手を叩く。このリズム付けに彼女は大きな満足を覚えるらしいのだが、その満足はどうやらだれとも共有したくないようだ。わたしがその流れに乗って答えようとすると、彼女は苛立ち、やめるか非難する様子をみせる。

ここで問題として現れているのは言語《ランガージュ》そのものではないかもしれないが、言語とまったく無関係でもない。言語はフレーズとして生産され、リズム単位を使用し、メロディをもち、人々はこれに敏感だ。言語はリズムを背景にしたこうしたヴァラエティを要請し、繰りかえしやリフレイン、不協和音や中断、しゃべるという行為によって壊れる連続性といったものを配置することや、互いに協調し合ったり、呼応する発言語《ランガージュ》は、自身に、言を展開することを好む。しかし彼女においては、孤独のあまり、崩壊した言葉《ラング》を語るのだ、どうしようもなく。

*

ふつう、しゃべるとき、ひとに促されて応えるにしても、自分からしゃべりだすにしても、衝動が働くような気がする、それもやや盲滅法でリスクを伴うような衝動だ。なにを言うのかだいたいわかっていたり、あるいはもうどのような言葉で言うか決まっていたり、出だしの考え、またはいくつかの続く考えがわかっていても、空に身を投じなければならない。その衝動に身を任せなくてはならない。そしてあなたを抑制したり、黙らせたりするものがなにもなかったなら(恥ずかしさまたは脅し、ためらい)、フレーズやフレーズの断片はその意志の旗印の下に集ってくるだろう。

しかし彼女に関していえば、彼女の口は彼女が言いたいと思っていることを言っているのではないと思う。そうではなく、彼女の心のなかに存在する、心に飛来するフレーズなのだ。そうしたフレーズはそこにとどまり、言うことをきかずに勝手に発言するのだ。

＊

それなのに二〇〇五年十二月三日、こんなことをわたしは誘発した。

わたし(打ち明け話のしたい気分で)：「寂しいよ。」

彼女：「わたしも。」

(このやりとりに驚く。言葉少なく、ぴったりくる、釣り合ったやりとり。正確なやりとり。)

＊

そしてものごとはふたたびもとの流れにもどり、解体しはじめる。彼女のしゃべる能力、というよりはむしろ彼女が思うように使うことのできるフレーズのストックは、もうほとんどなく、片言のことば、決まり文句のはじまり部分くらいしかもうないようだ。彼女はそうした決まり文句の始まり部分を弄び、口から吐き出していた、*la khatiela. . . , vam va va. . .* そして言語の断片を吐き出すたびに、目を見開いて、自分の言っていることを読もう、それを見よう、何だか理解しようとするかのようだった。目からまたは頭の注意力から、彼女に欠落しているヴィジョンを、少しの明晰さ、少しの意味を受け取ろうとするかのように。

でも諦めてはいけないのだ。彼女は死につつあるわけではなく、完全に人間でなくなってしまったわけでもない。わたしの存在、わたしの反応は、より精確で、なにかを髣髴とさせるような断片を彼女のうちに生き返らせるようだ。*Ia oumnaia jenchtchina. . . ,*「わたしは利口な女です。」急に緊張して、自分の開いた手のひらを指で叩く、*da da da*〔そうそうそう〕. 彼女のうちで崩壊しはじめているのは構文、つまりことばを文法的に正しく並べる能力(フランス語であろうとロシア語であろうと)ではなく、いや、その能力はなんとか保たれている、そうではなく、まとまった会話の断片を作るなかで、フレーズや考えをまとめる力なのだ。

彼女はフランス語で「わたしは思った」といいましがた言ったところではないか。ほんとうにいま彼女はそう言ったのだろうか。それをたしかめる術は今日もうないし、ここのところずっとない。彼女の言葉が解体しはじめてもう何ヶ月にもなり、わたしがメモできるような興味深いこと、わたしの書きものや親孝行の出発点になってくれるようなことを言わなくなって久しい。彼女とわたしは最後の地点まできたのかもしれない。彼女はわたしの人生の女性たちのすべてより長く生き延びたが、彼女とわたしの共存の最後の地点ということではなく、わたしたちの共同の作業の終わりの地点という意味だ(二〇〇六年二月十六日)。彼女は病院に独りでいて、彼女の意志とは無関係に人の出入りする病室の入り口からやってくるわたしを迎え、わたしは彼女にしゃべりかけようとし、起こっていることや明白なことと彼女の言葉を関連づけようとし、メモを取り、家に帰って、これを書く、この共同作業のことだ。

仮定

母がもうあまりに多くの年月のあいだ経験している孤独、それは父の死以来のもので(しかしすくなくとも父と一緒に暮らした最後の数年は彼女にとってその準備期間のようなものだった)、彼女はそれを自ら欲し、頑固に選んだ。凡庸で投げやりな生活を拒絶したのだ。それはまた苛烈な羞恥心からくる選択でもあった。たとえば彼女は子供以外のものに触れるの(あるいは触れられるの)が苦手であったし、糾弾こそしなかったが、官能生活というものは自分とは無関係であると確信していた。まるで、決然と諦める同じ一つの動きにおいて、論理的で科学的、合理的で理性にかなった思考を目指すことを選ぶと同時に、本質的な貞節、ならびに快楽や陶酔を断念することを選んだかのようだった。

内面生活に身を任せて

外的な生活がなくなったがために内面生活に身を任せた。外の刺戟や情報は、微かに聞こえるだけで、散り散りに、あまり説得力のないかたちでしか届いてこなかった。

眼科医は何年もまえに、彼女が、加齢黄斑変性で完全に失明をすることはないと保証していた。けれども彼女は視野の周辺でしか見えなかったし、新聞やイメージを横目で眺め、終いには全然目もくれなくなった。長年大好きだった読書を、盲人協会が提供してくれるカセットテープで補うことができた。やがて指先で再生、停止、早送り、巻き戻し、取り出しのボタンを押し分けなくてはならないテープレコーダーの操作が難しくなった。ずっと彼女のお供をしてきたトランジスタラジオとそのニュース、音楽、議論の番組も、ついに使うことができなくなってしまった。いやむしろ、彼女はラジオを停止させることができなくなったのだ。この一つ一つ機能が失われていく過程のいくつかの段階をより精確に把握することがわたしにとっては重要だ、なぜならそれが彼女の一生であり、それが彼女の一生の方向性を形作っているのだから。

こうして彼女はラジオを止められなくなり、音を最低限に落とすだけで事たれりとするようになった。わたしがいくら業を煮やしてそうしないように懇願しても、そうやって聞こえない状態でラジオをつけっぱなしにし、電池はしたがってあっという間になくなった(最初のころ、換えの電池を買うことを彼女は思いついていたが、その手段も充分ではなくなった。いまとなってはそんなことくらいどうして考えてあげられなかったのか、どうして凝り固まっていたのか自分でもよくわからないが、固定型のラジオを買ってあげることを思いつかなかった――けれどもそれはまた彼女が電源を外すことなく、ラジオを肘掛け椅子からベッドサイドに運ぶことを望んでいたからでもあった)。

＊

こうしたことを辿るのは、それが彼女であるだけに、わたしにとっては辛いことだ。彼女がどのような女性だったかわたしはよく覚えている。彼女のことは生まれたときから知っている。その明晰さ、頭脳の活動を操る能力をわたしは評価していたし、とくに彼女の一つの特性、彼女が自分で発展させた一つの才能に一目置いていた。彼女はそれをわたしにおいても育てようとして、わたし自身で発達させるように働きかけた。暗算だ。すでに書いたが。

彼女はそれを父親のもとで学んだと言っていた。父親は木材の商人で、早く計算をするためにロシア帝国でよく使われていたそろばん(いまでもロシアでよく使われている)を指で器用に弾きながら、頭で計算できることを得意としていて、この小さな才能を自分で養うよう彼女を励ましたらしい。この才能はとても便利なもので、その成果は見る者を圧倒する。それは、物質的には存在しておらず、携帯可能で目に見えないそろばんや計算機のようなものを頭の中にもっているようなものなのだから。

意識というものはごった返し、ぶんぶん唸りつづけているわけだが、さまざまな表象がそこで、それぞれあっちに行ったりこっちに行ったりしながら、互いに重なり合うようにして共存しているために、絶えまない混乱した状態で地すべりが起きている。その中で、一つの作業に一時的に注意力を集中し、まるで群衆の中で片足で立つかのように、内なる騒音のただなかで自分を隔離して、安定と静けさと明晰さをこの往来の中に確保しなくてはならない。

彼女にはそれができたのだ。数字、数を隔離して、必要な時間だけそれを記憶にとどめる(それをF・C・バートレットは一九三〇年から「作業の記憶」と呼んでいる)。

たとえば23かける12を計算してみよう。まず23かける10イコール230という単純な計算をし、その結果を保存する。料理のレシピーでよく使う「寝かせておく」というやつだ。まるでその結果をしまっておくための空胞を作っておいて、それを記憶の仮足に監視させておくようなものだ、そうすればその結果を失うことはない(なぜならときどき、必死でなくさないようにしている大事な紙切れを、あまりにもうまくしまったがために、必要なときに見つからなくなってしまうからだ)。そうして無造作に23かける2は46と計算する(わたしが、ほとんどシンメトリカルで偶数の多い数字のこの単純な例を選んだのは、単純なもの、ほとんど美的とも言えるようなものから始めるべきだからだ。というのも問題は、最初はとっつきにくく、反り立っていて摑みどころのないものを指で操作することのできる単純で簡単な要素に解体することを学ぶことなのだから)。おとなしく待っていた230をそこでまた取りだしてきて、そのしたに46を置けば、あとは努力することなく結果が得られる。276。

わたしが彼女で本当にすごいと思っていたのは彼女の想像力でも、未来や新しい解決策を作りだす能力でも、他者の内面を理解する能力でもなく、逆に暗算をするときのその明晰さだった。彼女はそうした計算を、落ち着いて素早く自分のなかで行うことができた。同時に押し寄せてくるさまざまな考えや感情の波を抑えながら、計算を簡単な要素に解体することができたのだ。彼女は、強い感情をもつこともあった（わたしは見たことがある——とても稀にではあるけれど——、彼女が怒りや哀しみ、嫌悪を表現するのを）が、それから身を離すことができるところがわたしは好きだった。感情を制して、ほとんど冷ややかに、控えめに、精神の力を発揮するのだ。

「……ほらこんなになってしまった。」病院のベッドに横たわり、我を失った状態で、ようやっと口をついて出てくるフレーズに対していかなるコントロールも利かない彼女に、はたしてかつて自分がそうであったものと、実際の今日の姿のあいだの距離を測る術が残されているのだろうかとわたしは思った。測れないと言い切ることはわたしにはできなかった。明確で比較に根ざしたような仕方ではたしかに測れないかもしれない、けれども、彼女のうちに芽生えながらも、彼女自身の力添えで実現できないことに対するフラストレーションや苦々しい気持ちから測れるのかもしれない。

それは、わたしの目の前で、ある種の運命が終わろうとしているということではなかっただろうか。彼女は奇妙な才能をもってとても長い人生を過ごしてきたのだった。その才能とは、現実の事物を超脱して、自分のうちに一つの空間を確保し、そこで、日常の雑事や事物から解放され、いわば純化された注意力が、優れて精確なものの代表で、ズルの利かない数というものに集中することを可能にするのだ。いま、彼女は根本的に現実的なものから切り離されている。具体的な人としての自分自身から切り離されている。食べ物を吸収し、消化し、呼吸をしながら、迷走し、崩壊しつつある言葉の破片に取り憑かれて生きることしかもはや彼女にはできない。

彼女が、もう正確にコントロールすることのできなくなったでたらめな計算を延々としているのを聞いて、一度尋ねたことがある。「どうして計算しているの？　なにか不安なの？」すると彼女は「ううん、気が紛れるんだよ」と答えた。それはまるで、ほとんど完全ともいえるような彼女の孤独の空間を垣間見ることを許されたかのようだった。

＊

しゃべるには、それがなにか言いたいことを言うためであろうと、会話をするためであろうと、暗算を可能にする能力を――それだけではないかもしれないが――作動させる必要があるのではないだろうか。言ったこと（自分または他人が）をまず覚えていなくてはならない。それは、同じことを無駄に繰り返さないためでもあるが、そのことを敷衍したり、その結果を考えてみたり、それを参照するためでもある。それを覚えているということは、暗算と同じで、それを自分のうちに保管することであり、しばらくのあいだそのまま保存することだ。それは、小さなテーブルの上になにかを置くのと同じことで、あとで使うためにそこに置き、そこから目を離しても、そこに置かれていることを知っていることだ。母は、しばしば逆に、言ったこと、言われたこととつながっておくために、それを繰り返さずにはいられないようだ。そして彼女が繰り返すことによって道は塞がれ、会話は進行することを妨げられてしまう。彼女はおずおずと、あるいは取り憑かれたようにすでに言われた言葉とつながりつづけ、それを数珠の珠のようにいじくり回す。彼女にとって、彼女が呼びとめることのできるもの、自分のなかで安定して保てるものがなにもない分だけ一層執拗に繰り返す。かつて、彼女は厳しかったので、会話で話題になっているテーマを忘れて、自己中心的だったり、偏ったくだくだしい展開に突然身を投じる人たち(わたしもその一人だっただろうか?)に対して苛々していた。

*

「退屈しないの?」と、何年もまえ、まだ彼女の理性が崩壊するまえに、彼女のところを訪れて聞くことがあった。すると彼女は誇りをもって「いいえ、することがあるし、ゆっくり時間をかけているの、だれかに急がされるわけではないし」と答えていた。たしかに彼女はいろいろ工夫してやりくりしていた。ないもののリストを作って買い物に行くようにしていた。間借人のための、切り取り部分があって、残った方に自分のための記録が残せるタイプの領収書帳、電球、ときどきタバコ(吸いすぎないように毎日何本吸っているか数えていた)、洗濯洗剤。一週間に一度、古いお友達とスクラブル〔ことばを巡るテーブルゲームの一種〕をするために集まった(不和が生じたり、移動が困難になったりして、自然消滅する以前は)。一日に一度、管理人がドアをノックして問題がないかどうか聞いてくれたり、雨戸が朝開かないと心配したりしてくれていた。些細な出来事があり、ときどき人が訪ねてきた。

わたしはこうしたことを自分の堪え性のなさから思い浮かべている。出会いのない一日、気持ちのいい人と会うことのない一日を迎えるときなど、この堪え性のなさを鎮めるのに苦労する。それはまるで彼女が自分の神経を統制できればできるほど、わたしは気散じを求めて躍起になるかのようだ(しかしいったいどうして彼女とわたしで、態度になにかしらの関係がなくてはならないのだろうか。ただ、積もる年月と数々の死を経て、わたしたちはある種のカップルを形成している、そうわたしには思える)。

そして次第にそうした活動も間遠になっていった。彼女一人ではできなくなっていった。曜日がわからなくなり、土曜か月曜を軸に時間を把握することができなくなった。カレンダーが浮遊しはじめたら、どうして思考が人生の舵をとりつづけることができるだろう？　そうなったら、あなたの時間の調整を引き受けてくれるだれかの好意に身を委ねるべきだ――彼女はそれをいつも拒んだが。息を切らせて、通りで重すぎる買い物用のカートを引きずっていたり、スーパーで、売り場や製品を見分けられずにさまよう彼女を迎えにいったりしたものだ。次第に彼女は待ち合わせがあると想像するようになっていった。あり得ない時間にそうした約束のためにでかけようとし、一人で生きていくことができなくなり、それを認めることを拒んだ。

こうして徐々に無力になり、自分自身の面倒を見る可能性を奪われて、彼女は今日自分が深くはまり込んでしまった依存の状態に陥ってしまった。時間はもう、彼女が言うことを聞かせていた敵であるだけではなくなった。時間は彼女を打ち負かし、長い一日と長い夜が日々続いていくなかに彼女を閉じ込めてしまった。彼女はもう夜と昼間を見分けることができず、指標を失い、時間に弄ばれている。

つまり自分自身の考えに弄ばれている。あるいはフレーズを口にしたいという意志、話しかけたいという欲望、言葉をかけられているような気持ち、なにか言うことがあるという気持ちに弄ばれている。

*

こうして、二〇〇三年十月一日、母の家に行くと(わたしは鍵をもっている)、半睡半覚状態の母がいた。眠れずに疲れ果てていて、自分の発する言葉に翻弄されている。彼女はそれらの言葉をすべて自分が言っているものとして捉えていないようで、自分はスポークスマンに過ぎないかのように、あるいは俳優の一人、またはその両方、あるいはまた演出家か、視聴者の一人であるかのようだ。ロシア語だ。「どうしてわたしをご存知?」と彼女は尋ねる、あるいはだれかが彼女の口をとおして尋ねる。調子はどこか社交的で、必ずしもお互い手加減をしないスクラブル仲間との口調がそうであったように、どこか用心深いしゃべり方である。「もう随分まえからあなたのことを存じ上げていますよ」とだれかが答えるが、それが最初に質問した声より一層彼女自身に近いだれかなのかは知る由もない。そしてさらに彼女は(それともそれは最初の人なのか?)つづける。「そう、お互いの家に泊まりにいくんですよ……」この対話の断片はなんども登場する、まるで映画監督の前で同じ場面を何回も撮り直しているかのようでもあり、サウンド係がテープをかけたままコーヒーを飲みにいってしまって、そのテープが繰りかえしオンエアされつづけているかのようだ。

彼女は言葉《パロール》で遊んでいるのだ。それはゲームなのだ。手持ち無沙汰のときトランプでソリテールをしたり、クロスワードをするように。ただ彼女はにこりともしないし、楽しんでいるようでもなく、彼女を必要とする状況に巻き込まれ、いろいろな役を演じるよう要請されているかのようだ。

そこにはいない者と彼女の対話、あるいはいない者同士の、想像上の対話に、彼女は忙しい。そうした対話に囚われ、休む間もなく彼女は動員される。彼女の一部が休みたくとも、眠りたくとも。わたしは努力せずには思い出せない、彼女が明るく、そしてなによりもユーモアに長けていたにもかかわらず、賑やかな人でもおしゃべりな人でもなかったということを。それなのにいまでは言葉が勝利し、脱臼したかのように「主観的」な極(言葉の主体としての)から剝がれ、自立し、腹話術のようになって、いまとなっては多くの場合うまく分節されずに、貧素になり、反復的で毀損している。たとえばその言葉は途中までの単語だったり、お互い固まってしまった単語同士で、彼女自身その意味がわからず、ときには不審に思ったり当惑したりするようだが、だからといってこれといった感情が読みとれるわけではない。そのようにしてたとえば彼女は何回も *miaslo* と言ったが、それは *miaso* つまり肉と、*maslo* バターの混じったもので、その自分の言葉に、もはや用をなさなくなった警戒心でコメントを加えた。*Miaslo, chto takoïe miaslo*(miaslo ってなに)?

こうした対話をどう考えたらいいのか。彼女がそれらを想像し、それに熱中したとはもうほとんど言えない。それは、なんらかの望みの痕跡、またはしゃべることの習慣の痕跡のようなものだった。しかし複数の声を語ることもときどきあった。それは——何日かつづけてだったと思う——、動作も含めて、彼女がまるで人形遊びをしているかのように見えたときのことだ。または彼女の内に宿るいろいろな人物の一人を、人形に変えてしまったのかもしれない(小さな女の子であれば、逆にお人形を人物に仕立て上げ、それに自分の声を貸すわけだが)。

二〇〇四年十一月二十九日(つい最近だ! 過ぎ去っていく時間は週単位で、移りゆく彼女の容態のあいだに、気の遠くなるような距離をつくりだす)、病院に行くと彼女は車椅子に座って、しゃべっている。彼女に言わせれば彼女の従姉妹としゃべっているらしいのだが、それは膝の上に丸められたベージュ色のポンチョにすぎない。彼女の従姉妹と仮定されている人は、あるいは彼女の声をとおして語っている人の従姉妹は、このポンチョのなかに宿っているか隠れているかしているほかない。「じゃあ会いにいくの?(フランス語だ)」——「いいえ、あなたよ(まるで会話相手が二人いるようだ、名前を二つ使い分けている、それは二つとも孫の名前だ)。」――「もう寝なさい。わたしが帰ってきたら……」――「じゃあまたね。」

場面全体では、小さな女の子が人形で遊ぶときのように、ちょっと威張った口調を使っていたのが印象的だった。それが偽物の学校の先生、保母さんの口調で、人形が奴隷か召使か物にすぎないかのように支配する人の声だった。相変わらず微笑まずに、この会話に専念しながら、そこにわたしを招き入れるどころか、むしろそこにわたしを寄せ付けないようにしていた。一時的に小さな女の子が彼女のなかで目を覚まし、彼女の体と声を占拠したかのようだった。

＊

会話に彼女が専念しているときは、それが想像されたものにすぎないにせよ(彼女が一人でいることが見えているわたしにとっては)、言語《ランガージュ》への彼女の情熱の中に何人かのはっきりと区別できる人物が存在する余地があることを意味している。そういうとき彼女の思考の空間は、共有できる現実へと彼女を導いてくれることはないにしても、息のできる空間であるように思える。

しかし、最終的に(長期ステイで)施設に収容されるまえ、彼女が、いかなる場所や人の指標も失って、自分がどこにいるのかも、どこかにいるということさえもわからなくなり、人物の区別ができずに言葉の流れに囚われるのをしばしば目撃した。人物から人物へとどんどん転がり落ちていきながら、どの人物にもとどまることができず、どの人物もとどめることができなかった。

ロシア語で：「わたしがあなたに言いたいのは彼女が、わたしの両親が、あなたのお母さんとお父さんが……」「わたしがあなたに言いたい」というのが出発点になる。それは言いたい衝動のようなもので、聞く人がいないのに空中に身を投げ出す手段なのだ。そして人物は一人ひとり互いに向き合うことができず、「彼女」というのは、彼女がどうやら自分自身と一致することのできないところの「わたし」であり、「わたしがあなたに言いたい」のなかの「わたし」は彼女に実際個人的につながってはいない。それは固まった形式にすぎず、それを含んでいる表現、あまりにも繰り返された表現と同じくらい固まった形式だ。わたしたちのだれにとっても、「わたし」ということばは、言語習得のある段階から、その平凡で口から口へと受け継がれていくかたちにおいて、わたしたちのアイデンティティを保証してくれるものとなるのに。二度とわたしたちから剝がされることのないように思われるアイデンティティを表現するようになるのに。それはしかし幻想だ。強制的にそれを剝がすことはできる。

「繰り返しなさい。《わたしは馬鹿だ》、《わたしはあばずれだ》、《わたしは裏切り者だ》。」それは教育による強制かもしれないし、性的、あるいは政治的専制かもしれない、あるいは母の場合のように、言語のたんなる専制かもしれない。堂々巡りし、ステレオタイプ化され、効力を失った言語の専制である。

現実の解体

ほぼ二年半前から(現在から数えて)、まるで生中継を受けているかのように、生体実験というかたちで、一つのプロセスに立ち会っている。それは、母にとっての現実の段階的な解体だ。

機能や知識や指標が一つ一つ失われていくのがわかる。

しかしこの文章のテーマを喪失の記録に限定するわけにはいかない。わたしの目の前で起きている破壊の記録にとどまることはできない。目の前で起きているというよりは、母に会いにいくたびにその破壊の及ぼす影響を確認している――なぜなら、大半のことはわたしの目の届かないところで起きているということを忘れてはならないからだ。それは彼女が一人でいるとき、境界も指標もなくなった時空を彼女の思いが彷徨っているときで、彼女が自分自身を感じることさえできなくなってしまうとき、自分の感じていることや考えていることを自分で感じることができないときには、一層ひどいのかもしれない。

世界における彼女の存在の劣化について観察し、描写することで、なにかポジティヴな代償が生じることをわたしは望んでいる。科学にたいして自分の体を献体するように、この劣化そのものを彼女が知に差し出すことを手伝いたい。精神生活がどのように構成されているのか、わたしたちの精神が、その本質的な可動性をもって、たえず動いているその実体をとおして、どのようにして世界の現実の安定したイメージを構成するのか、そしてどのようにしてそこに住むことを可能にするのか、そうしたことを、彼女が、わたしが、この記録をつうじて、明らかにすることができればと思う。

＊

最初に注目したいのは、人を認識する能力が損なわれたときに起きることだ。

まず彼女はピエール・パシェが彼女の話しかけている当の人であるのに、わたしとは別人であるかのように話しだした。わたしは、身体的に、体感として――彼女の外にわたしはいるのに――、彼女の話しかけることのできる人、それもある程度の親しみを込めて話しかけられる人、息子のメンタルイメージ、あるいは息子の名前とのあいだに乖離が生じているのを感じた。そうして彼女はわたしに言うのだった、弱々しいやる気と、信じられないという気持ちが彼女の気持ちのなかで戦っているようだったが、「でももしあなたが［あなたの主張するように］わたしの息子なら、だったらピエールっていうの？」その日の午後、わたしは彼女の意識が落ちていきながら何回も奮い立つところを目撃した。自分の意のままにならない記憶や知覚の要素に縋ろうとしながら。わたしは彼女に通りに降りるよう促した。部屋着にスリッパ姿だった。彼女は満足そうに通り掛かる人たちを眺めた。階段を登って戻るのは難儀だった。部屋の肘掛け椅子に座って、オレンジジュースを飲んで、一服すると、背もたれに心配そうな頭を委ねることをしたがらず、本当には休もうとしなかった。傷ついて、しかしエネルギッシュにわたしに言う。「あのね、だれがだれなのかもう全然わからないんだよ（それは恐ろしいフレーズだ）。昨日と一昨日はエレーヌに会いにいったんだけどね（二年ほどまえに亡くなっている）。あなたはエレーヌに会いにいった？（この頃、娘を亡くした痛みは彼女に会いたいという欲望に変わっていて、彼女に会いにいくこと、すくなくとも電話することを願っていた）。いつまた会いに来てくれる？」そして先程のフレーズを言ったのだ。「わたしの息子の名前はピエールだけど、あなたが息子なら、あなたの名前はピエール？」また別のときわたしにこんなことを打ち明けた。「今朝（もちろんこの時間的指標は漠然としたものだ）、ラジオでピエール・パシェが広間で転んだと言っているから、行ってみたら、幸いほんとうじゃなかった。」わたしのことを、ピエールや、ピエロではなく、ピエール・パシェと呼ぶこと自体がこの乖離を物語っている。

もちろん、この曖昧さは、たんに人、それももっとも親しい人にまつわるものではなく、物や場所をも不確かにする。だが彼女が、自分の狭いアパルトマンにとどまっていたあいだは、頭のなかで物事の場所がわかっているようだった。テレビのまえの肘掛け椅子、いつもタバコを置くその隣の小さな丸いテーブル、玄関近くのトイレのドア、台所がどこにあるのか、頭と動作で位置づけていた。実際には動くのが困難になってくると同時に、こうした物へと向かうときに彼女を導いていたオートマティズムも次第に機能しなくなっていった。彼女は戸惑うようになり、このような経過の結果、最終的には、自分の部屋のベッドに横たわりながら、うちに連れて帰って欲しいというまったく不条理なことをわたしにしきりに頼むようになった。

人との親しみが損なわれるほうが、物との親しみが損なわれるより不安に思えるのは、わたしがその証人だからかもしれない。もしかしたらさらにそれは、わたし自身が、人がだれだったかを認識するのによく困難を覚えるからかもしれない。比較的遠くない過去に一緒に過ごした人でもそういうことがあり、そういう人たちはわたしが彼らがだれであるかを理解していると確信している。しかしわたしがいままさにしようとしているのは、それとは反対に、彼女の精神と一致しようとすることだ。そこでは物や人々のあいだの差異がだんだん不確かになり、精神は足場を失い、足場を失いながら、物や人を深いところでつなげている統一性、またはその未分化性とふたたび通じ合うのだ。

物事、それはしばしば、または場合によっては人よりも、すくなくともある種の人たちよりも、興味深い。一つのイメージ、物音、機械的な物体、景色、そうしたものの方を、わたしたちはしばしば、期待と関心とときには貪欲な気持ちで向く。それらはわたしたちの注意力を完全に虜にし、わたしたちに養分を与え、疲れや時間を忘れさせる(それらのうちにわたしたちは、遊びの魅力を丸ごとそのまま見出すかのようだ、遊びの魔法の空間が開かれ、そこですべては新鮮なものにふたたびなり、そこに保たれる)。

しかし人の方を向く場合はどうだろう。母がだれかが隣りにいることを認め、その人の方を向くように思えるとき、無関心と猜疑心に包まれた彼女の視線のなかに、なにか特別な期待が秘められているようにわたしには見えるのだ。物ほど期待していないかもしれない、たとえばお茶のコップや、香りととろみのついた水の一匙が運ばれてくると、彼女は口を開ける。それほど期待していないかもしれない、もしかしたら、けれども彼女が、しゃべって耳を傾ける同類の方を向く能力をふたたび見出すとき、最近の彼女に特徴的な夜行性の鳥の鋭い目(そしてそれを鷲鼻――これまでの母の鼻はそんなではなかったが――が強調する)をその人に向けて、他者が彼女にとってふたたび存在しているように感じられるのだ。そしてその他者は答え、反論し、尋ね、訂正し、世界という空間にふたたび意味を与える。

＊

人がだれだかわかるというのは、一体どういうことなのだろう。この出来事を解体することはできるのだろうか、それを構成している要素に分解することは？　イメージを静止させ、ディテールを注視するために拡大したりできるのだろうか。(わたしがこの方向性で追求しつづけるのは、もっとよく理解するためだ、と自分では納得している。でもそれはもちろん、彼女にわかってもらえないことの痛み、そのやりきれない気持ちを和らげるためでもある。そしてさらに言えば、無関心の誘惑と戦うためだ。「ぼくのことがわからないの？　でもぼくもあなたがだれだか知らない、そしてあなたのことなど気にしない」といった具合に。）

一つには、だれだかわかるというのはどこか受動的なことだ。こちらが認めようと認めまいとそれは自明なことで、たしかにそれは彼、または彼女で、その人には名前があり、現にそこにいる人（あるいはその人のイメージ、写真）とその名前という混合体のまわりにはある種のざわめきのようなものがあり、その雲のようなざわめきから、わたしたちは好きなようにその人について知っていること、最近会ったときのこと、さまざまなエピソード、記憶のなかの足跡などを取り出せるような気がする。だれだかわかるためにはまず感情的な衝撃があるように思われる。それがだれだとわかり、なんらかの意志がそこに芽生える以前に感情的な衝撃がある。すくなくともなにも問題がないときは、慢性的、あるいは一時的な障害が生じて人の顔がわからなくなったときでなければ（「相貌失認」に関して今日たくさんの神経科学や人工知能の研究があり、この現象のモデルをコンピューター上で再現できる可能性が騒がれている）。そしてまるでわたしたちの人間性が、わけてもある瞬間の上に築かれているかのようだ。つまり、こどもが、生まれて間もなく、差し向けられた微笑みに対して微笑みかえす瞬間だ。「微笑んでわかる」（ヴェルギリウスはそう言っている、*cognoscere risu*）、このとき、まず奇跡的であると同時に幻覚なのではないかと疑われるものを出発点に、人間を形成するこの関係が創設されるのだ。

赤ん坊が見える。草の上に座っている七ヶ月位の女の子だ(座ることがもうできるのだ、それが嬉しく、満足そうだ)。暖かく、そよ風の吹く夏の朝だ。その子は片手でちょっと離れたところに咲いている黄色い花を捉えようとしている。わたしは花を少しだけ女の子のほうに倒して手助けする。女の子はさっと手を伸ばし、花をもぎ取り、あっという間に口にもっていったけれど、それよりも早く母親がそれを遮った。子どもはわたしを見据える、集中して、真面目な顔で、意志を漲らせ、わたしを見る。

ところがテラスで芝生の端に座っているわたしの後ろで、別の女性が座りにきて、子どもと同じ高さに顔をもってきて、微笑みかける。わたしは振り向かない。赤ん坊はすると微笑みかえす、にこにこと、自分に差し向けられた微笑みに向かって。その微笑み、顔の筋肉のその動きを目にしてくすぐったい気持ちを自分に禁じることはだれにもできない、つい自分も微笑みたくなってしまう。そしてわたしは経験上知っている、だれしも知っているように、その筋肉の動きを試しに少しでも許すと、ある感情が芽生えはじめるということを。それは微笑みの意味する歓びで、その筋肉の動きはわたしたちにとって、魂がほぐれることと関係しているのだ。

女の子はもしかしたらだれだかわかって微笑んでいるのかもしれない、でもそうではないようだ。女の子はなによりも微笑みに微笑むのだ。それが彼女の認識する最初の人間的現実であるかのように。彼女はこの微笑みに微笑みかえす。自分の微笑みを与えるのだ。大人たちはこの彼女の微笑みに、日々応えていく。ことばや動作で、この子を人間の世界に招き入れながら、この微笑みに意味を与え、それを一つの言葉《パロール》にしながら。微笑みに微笑みかえし、それが微笑みだとわかるようになること、そしてだれがだれだかわかるようになること。微笑み(それは次第に別の意味や別の機能をもつようになる)とだれがだれだかわかることのあいだの分離がやってくるのはもっとあとのことだ。子どもは敵(あるいはだれか自分を怖がらせる人)を敵とわかるだろう――しかしそのとき子どもは特別な感情を抱くだろう、その感情は敵を敵としてわかったことを知らせるもので、その知らせをわかって脅かされる者に、わかったということを知らせるのだ。

とにかく、だれだかわかるのだ。それをわたしたちは追認することしかできない。どうやらそれは心理よりも深いところで起こるようだ、神経組織が成熟し、神経のつながりが成功し、浸透がおこなわれるようになったときに。これについてわたしはなにも言うことがない。

しかしわたしが感じるのは、観察者として感じるのは、だれだかわかるということは、ある種の空虚のようなものに身を投じることを前提としているということだ。それは人と人のあいだの空虚だ。それは、この空虚がそれとわかることであると同時に、その空虚を頭で構成できることだ。まるで往復運動のようだ。「ああ、あなたね」と「わたしはあなたとは別の者だ」。わたしは、会った人を再び見出す、そして見出すと同時に、わたしたちのあいだに横たわる距離を感じる。だれだかわかるということは、なにかに没頭しているということの正反対だと、ほとんど言えるかもしれない。

この空虚は、人と人のあいだの距離だ。それはまた物と、その名前のあいだの距離――ときには膨大な――でもある。名前がちゃんと甦ってきて、名前に伴う情報の束がそれと一緒にやってこないかぎり、だれだかはしばしば「わかって」いない。そのときわたしたちは空虚そのもの、あるいは脳の中の空虚、メンタルな空虚を経験する。

この空虚に身を投じること、感情が示しているものに信頼をもって応えること、それは、わたしたちが迎えられ、受け入れられるのだと信じることを前提としている。まるで軽業師が、パートナーの頑丈な腕と手に身を委ねるように。断固としていること、震えないこと、そして向こうが同じように断固としていることを当てにする。その手応えの確かさは「ああ、あの人だ」とわかった相手からくる(向こうもこちらがだれだかわかって)のだが、それは同時に内側からもやってくる。脳の装置がコンファームしてくれるからだ。わかったと同時に、思い出や現在の知覚をとおして、いくつもの支えが脳に提供されたのだ。身を投げだしてみたら、その身が相手によって摑まえられ落ちずにすんだ、そしてまた自分自身によっても摑まえられたのだ。

母は、そうした認識能力を完全に失ってしまったわけではない。今日、お三時に、クリームのデザートの代わりにアイスクリームがでた。「冷たい」と彼女はロシア語で言う。それはまるで自然にでてきたかのようだ。ことばがでてきたのだ(けれども「アイス」ということばはでてこない)。しかしわたしがこのとき目にしているのは一つの切断だ。彼女に残されている認識能力と、わたしたちのだれもが経験しているメンタルな活動とのあいだが繫がらなくなっているのだ。その活動によってわたしたちは人や物をそれとして認識したとき、その認識を拡大し、そこから他のことばを連想したり、それらのことば同士を繫げたりするのだが。彼女はしゃべりはじめる、そして彼女の言うことはそこで起こっていることや現実とはなんの関係もない。彼女は市場に行ったと言い、娘が今朝会いにきたと言い、息子(わたし)が全然会いにこないと言う。アルジェリア系の看護婦がそのあいだ血圧を測りにきて、外国語をしゃべっている母を指して聞いてきた。「ルーマニアの方?」「いえ、ロシアです。」「あ、そう！」」、すると彼女は自分も少しロシア語をしゃべると言った。ソヴィエトの文化センターで学んだらしい。今度、ロシアの歌を母に歌いにきてくれると言った。母は、そこで言われたことを理解しているのか、それが聞こえているのか、わたしに知る由もないのだが、反応しない。彼女は自分に関する事柄に専念しており、主なこと――彼女の言葉の――は、彼女にとって別のところにその中心があり、それは、彼女の自身に対する関係の内側であるため、そこに入り込むことは困難なのだ。彼女の言うこと、今日、彼女の口をついて出てくることは実際に起こっていることとはなんのつながりもない。まるで彼女は取り憑かれているかのようだ。

*

わたしは想像する、微笑まなくなった、もしくはほとんど微笑まなくなった母のケースから、その問題の多い立場から、彼女の思考と世界の現実がどのように対峙しているのか想像する。それがどのように行われているのか、想像してみようとする。

思考は不安定だ、世界もそうだ、しかし違った仕方で。

思考する物質〔la substance pensante〕は、思考するという活動の動きに従うため、必然的に不安定で、従順で敏感だ。思考する物質は、痕跡をとどめる。しかしそれは、それが身体からであろうと世界からであろうと、あるいは身体をとおして世界からであろうと、または世界の一つの要素としての身体からであろうと、そこまで辿りついたものに差異があり、思考する物質がそうした差異から影響を受けるからだ。

（わたしはこの哲学フィクションのエッセーを書きながら、古典的な哲学の語彙を見出す。それはわたしが学校に通っていた時代から、ある種の本から、そしてフランス語そのものから派生している。）

わたしの想像する思考する物質は、きわめて多様だ、なぜならいろいろな機能を果たさなくてはいけないのと同時に、信じられないような刺戟に応えなくてはならないからだ。それは人類の何千年もの進化をとおして研ぎ澄まされ、改良された結果、あまりに洗練されたために、もし限界に出くわさなければ、自らのうちに（制約や不可能）、そしてその外で、世界のなかで、限界に出くわさなければ、気が狂って、滅茶苦茶になってしまうだろう。

気が狂う？

錯乱して狂い、増殖を止められず、イメージや考えの波に襲われ、プシロシビンやその他の麻薬のもたらすような幻覚の狂気くらい恐ろしい不安定性に悩まされるだろう。

（麻薬を摂取すると見えるようになるのは、この普通な知覚の裏側のように思う。その裏側が訪れるのが見え、それに襲われてはじめて、わたしたちはそれがいつもそこにあるのだということを理解する。いつもそこにあるのだが、それは統御されている――そこにあるけれど、それは知覚や思考に息吹を与える力のもう一つの名前としてあるのだ。）

思考する物質、精神を構成している素材は、自らの過剰な活動や、多くのものを受け入れるその傾向、自分自身以外のものになろうとするその傾向に専心するので、常軌を逸しないために、安定した形に、つまり自らの内で、あるいはその外で――内であろうと外であろうと同じことだが――自らがそれとわかる形態に、固定され、それに合わせて調節されることができなくてはならないはずだ。安定した形というのは、思考する物質に自明なものとして現れるもので、そのなかに、思考する物質が、外的な現実を認識することのできるようなもの、そのようなものだということができるだろう。そうした形は持続するもので、思考の、旺盛で不安定にするような性質に抵抗することができる。

それは物であったり、場所であったりするだろう。しかしそれらは単なる点ではなく、点と点のあいだの諸関係であり、動的な価値を担った道程である（それらを視線で、思考で、身体で、追おうとすることができる)。

それはまた世界を保証してくれる人でもあるだろう。多様性に満ちていて、視線を遥かに越え、視線を囲繞する世界というものは、一人の人にとって、それも脆い人にとっては、たしかに過剰だ。ところが母は、自分の知覚や信念を、信頼のできる一人の特定の人で補強することが——とりわけ独りでいるあまり——できなくなってしまった。入院した当初、内密な話をしながら、悲しそうに彼女はこう語った。「あのね、信頼できなくなるとね……」このフレーズが、彼女がばかげた考えをわたしに伝えたり(「ねぇ、自分の小さなアパルトマンに馴れているんだよ。必要なものは何でもあるし、二人の兄弟が面倒を見てくれるし……」)、不幸を遠ざけるために彼女が興じていた無邪気なお芝居に打ち込むことを可能にするかのようだった。「エレーヌはなんか言ってくるかい？　本当のことを言うとねぇ、あんまりあの子と会わないんだよ。」

*

「内なるラジオ」で語ったエピソードのように、彼女はときどき、そしていまでも、お話を頭のなかで生きることがある。そうしたお話・シナリオをわたし、あるいは自分自身に語ることで、彼女は明らかに楽しそうにしていたし、それらは、独りぼっちで自分を取り巻く世界や事物を知覚することの困難に直面している中で、彼女にとって現実の代わりをつとめ、現実の場を占めていた。そして彼女はそれをもはや「ラジオ番組」とか「テレビ」とか、「夢」とか「思い出」と呼ぶ気もなかった。彼女はそうした話を興味深く、ドラマチックに、そして重要な話として語った。

「姪が昨日会いにきたの」と彼女は言った。彼女の言いたい姪、わたしの従姉妹は、イスラエルで暮らしている。けれどもお話のなかで彼女に母はちがう名前を与える、自分の孫の名前だ。母の記憶と言葉のなかで、名前はどんどん滑っていく。話を再びしはじめたときも同様で、「昨日」が「火曜」になる。「会いにきた」という表現が〈イスラエルからきた〉のか〈ここにきた〉のかよくわからない、それだけのことだ。不確定さと同時にそれを隠そうとする努力が感じられる。また、お話がいかなる制御も解かれ、話そのもののエネルギーのみに従い、母の、ドラマチックで面白い話を聞きたいという欲望にだけ従うようになっていくのが感じられる。「三歳の娘を連れてやってきたよ、三歳半(数字もまた不確定性に揺れる)、それと若いボーイフレンドを連れて、惚れているみたいだよ。着いてからしばらくして彼のほうが調子が悪くなってね、そして結局死んでしまった。明日の朝九時に飛行機でイスラエルに遺体とともに出発しないといけないんだって。一〇〇〇フランか一五〇〇フランかかるらしいよ。

貸してくれるかい、返すから、ピエール・パシェに電話したよ。彼女がどこにいるか見つけてやっておくれ、三回電話したんだけど、あの子の部屋の扉の前にいると言ったんだけどね、出てこられないって、ちゃんと服を着ていないからって。」言葉や人物のアイデンティティはその確定性を失っただけではなく、現実を指し示して、現実を不動にする力を失ってしまっている。彼女はわたしに彼女のいる階全体を走らせる、彼女の車椅子を押しながら、転んでしまうかもしれないのに、立ち上がろうとするのを手伝わせようとする。そしてエレベーターで下の階まで一緒に降り、そこでタバコを一本吸わせる(一日に一本タバコを吸うというおだやかな習慣をふたたび取り戻していた)。彼女は落ち着いてきた。一服したあと、また上階の廊下に戻ると心配事がぶり返してきて、自分を安心させるために、わたしがすべての、つまりお金、飛行機のチケット、遺体の面倒を見ると約束してくれと言う。彼女にはもはや共有できる現実はなく、そうした現実は彼女には見えず、理解することができないのだが、彼女の言葉を促すもの、オルターナティヴな現実、というよりは彼女にとって唯一の現実を構成しようとするもの、その面倒をわたしに見てほしいのだ。彼女は自分の無力と肉体的な弱さを意識し、苦しんでいる(すすり泣いている)。それでも彼女は戦い、格闘している、泳げないのに泳ごうとする人のように。

彼女の姪の話、それを夢と呼ぶことができるかもしれない。しかしその夢は、夢の自然な器(眠り)を失って、覚醒によって中断されたり拡散されたりすることのない夢で、精神生活と言葉の中に溶け込んで、周囲のものと区別されなくなった、収まりきらなくなった夢だ。

彼女は死の感覚を失った(また別の仮定)

二〇〇三年の夏のあいだになにかが彼女のなかで壊れた。なにかが崩壊したのだが、いかなる脳神経的な調査が行われたわけでもなく、いつどこでいかなる「脳溢血」が起こって、その結果この突然の劣化、周囲の現実からの脱落が説明されるわけではないので、わたしとしては、観察した事実、彼女の言葉と態度から読みとれる事実を一つ一つつなげようとしながら描写することしかできない。

彼女の脳の中でなにが起こったのか知らない身としては、彼女に起こっていることの原因について推論する権利すらわたしにはない。しかしその劣化がどのような傾斜を辿ったのか、その目に見える形を見分けようとすることはできる。

対話や会話を必要としつづけ、さまざまな対話者の役割を演じながら、母が孤独のあまり、他者性の、他者の現実への感覚を失っていったという推論はすでに述べた。彼女がそうしようと決心したわけでも、その道を選んだわけでもなく、弱り、損なわれた彼女の精神組織は、彼女がこの狂った道を行くことを阻止できなかっただろう。

また別の推測をしてみる。

彼女の娘、私の姉のエレーヌは、数ヶ月の闘病ののち、二〇〇一年の九月に亡くなった。その数ヶ月間、病人は母親に会いたがらなかった、自分自身に対して、麻痺した自分の体、冒された脳、脅かされた自分の生に覚える心配のうえに、母親が彼女に対して覚える気がかりを感じるのを嫌がった。

姉が死んだとき、母がそのショックにストイックに耐えるのを見た。凝り固まり、彫像のようになったかのようで、決まり文句と、僅かなジェスチャーでしか痛みを表現したがらず、あるいは表現できないのか、人びとの前で、そしてもしかしたら自分自身に対しても哀しみが表に現れることを避けようとした。彼女は娘の病状をあまりくわしく知らされていなかった。娘の死を共有することも彼女にはできなかったし、あるいは、どうやったら共有できるのかもわからなかった。その死は——もしかしたら——「内的な」出来事のようなものとなったのかもしれない。

いずれにせよ、年とった婦人が現実の確固とした感覚を失いはじめたとき、思い出がラジオ番組に変えられたエピソードのあと、言葉が止まらなくなる時期（それは休息することも、眠ることも妨害した）がはじまっていたとき、彼女はわたしに語りはじめた、遅ればせに、まるで外から眺めるかのように、奇妙な中立性で、二年前に起こった娘の死のショックについて。

しかしながら、思い出が外から語られるのを聞いたのと同じように、母は今度は、ラジオが、「おそろしいこと」が起きていると、「恐ろしいニュース」を伝えていると言った。その内容は曖昧だった（虐殺、子供の殺害）。わたしには彼女を安心させようとすることしかできなかった、そんなはなしは聞いていないということを言い聞かせ、テレビをつけて、ニュースがそのようなことを伝えていないことを確認させるくらいしか。わたしが彼女に言うことは――それに対して彼女は取り立てて反対もしなかったが――明らかになんの効果もないようだった。彼女の精神生活は特定の規則に従っており、その規則は普通の生活とは関係がなかった。

そして、十一月の終わりころ、娘がどうなったのか心配しはじめ、その近況について知りたがり、わたしを問いただしたり、自分を連れていって実際に自分でどうなっているのか確認できるよう要求した。二年前に訪れた死は忘れてしまい、その二年間のことそのものも忘れていた。酷い病気のことは覚えていて、すくなくともその病が彼女にもたらした心配のことを覚えており、その心配が再燃することによって彼女自身が移動し、娘のアパルトマンに出向くことを要請した。

わたしは母の要請を避け、嘘をつき、また別の日に連れていくことを約束し、そのあいだに彼女が忘れることを期待した。自分が忘れていることを忘れてくれればいい、あるいはその望みを忘れてくれればいいと。

十二月三日、午後、姪の一人(姉の娘)からメッセージがあった。亡くなった母親の住んでいたアパルトマンの管理人が、慌てて連絡してきたらしいのだ。管理人はわたしの母を建物の入り口で見かけたのだが、母は娘に会いにいくために必死に階段とエレベーターへと通じる扉を開けようとしていたらしい。わたしが駆けつけると、母は哀しみに喘ぎながら、毛皮のコートを着て、見慣れた茶色の手提げに小銭入れとタバコを入れ、ショックに茫然自失となって管理人室に座っていた。娘が死んだことを知らされたところだったのだ。「昨日来たあなたの友達が(彼女はわからずにわたしのことを言っているのだった)、今日エレーヌに会いに連れて行ってくれると約束していたの。でも来ないものだから……」と彼女はわたしに言った。

彼女は肉体的にも精神的にも甚大で悲劇的な努力をして、この現実に直面しにきたのだが、その現実に出会うことは結局できなかった。わたしは衝撃を受けたけれど、彼女のことが、勇敢な彼女が誇らしかった。ここまで来る彼女の勇気を讃えたあと、わたしは静かに彼女を家まで送った。肘掛け椅子に座らせ、落ち着かせ、寝たいと言うので床に入るのを手伝った。彼女はもうしゃべらなかった。彼女を残してわたしは帰った。

それから数日間、昼間と夜を区別して生活する機能がガタガタになっていくなか、母は姉の家を訪問した件について語らなかった。わたしたちの関係でそれは珍しいことではなかった、私たちの関係のあり方として不自然ではなかった、本質的なことをお互いに言わないでおくことは。そこで起こったことは、そのときに受けたショックがいかに大きなものであったとはいえ、彼女を共通の世界に、共有される記憶に、しっかりと、安定した形で呼び戻したわけではないとわたしは思っていた。反対に、そのあとの数日のあいだに、何回も、娘の死だけではなく、死の現実そのものが彼女にとって理解できないものだということ、理解できないものになってしまったということを察する機会があった。

実際彼女は早々に娘の死を忘れた。その死を衝撃的なニュースとして受け止めながら、彼女の頭はなにも記録しなかったのだ。のちになって、もう当然の事実であるかのように死んだ娘の話をしながら、自分の祖母の最近の死を思って彼女は泣きはじめた。そして数日後、エレーヌがどうしているかわたしに聞いてきた。あるいはこんな質問をした。「子供たちはどこ？　夫はどこ？」さらに「わたしたちの子供は？」と尋ね、その日は、わたしを彼女と結婚しているものと見做し、あるいはわたしを自分の夫と見做していた。しかし彼女の考えはたえず移ろっていて、死というものが彼女にとって、あのだれも忘れない、だれも忘れてはならない、そしてそれによってすべてが変わる現実であることをやめてしまっているのをわたしは見た。死はもう、一つのことばに過ぎず、さまざまな感情を呼び醒ますとはいえ、生の意味を編成する能力を欠いていた。彼女は死んだ娘婿のことを覚えてはいたが、彼の話をしながら彼をまるで生きている人のように扱い、そこにいる人であるかのように非難した。わたしにとってとくに辛かったのは、彼女がわたしの妻の死を忘れてしまっていたことで、そのことを知らせると、一定のあいだはその情報を受け入れるのだが、また別のときには、もしかしたらそれはまったく偶然に言っているだけなのかもしれなかったが、わたしには堪えるのだが、堪えると彼女に訴えることのできない正確さで、問いかけてくるのだった。「結婚しなかったの？　独りで暮らしているの？」そして無邪気ながらも非人間的な残酷さで、「結婚しましょう、あなたは独りなんだし……」とつづけた。ながいあいだ、わたしはこの彼女の願いと闘わなければならなかった。その願いを忘れることでやっと彼女も放棄したようだった。

こうした破壊の過程をつらつらと追うことはたしかに無益かもしれないし、浅ましいかもしれない。もう一つだけ付け加えたい。なぜなら、まだ完全に分解していない意識のいくつかの断片をその場面に見出すことができるような気がするから。断片はまだ完全にばらばらになってはいない、いっぺんにばらばらには。わたしは彼女を現実に引き戻そうと躍起になっていて、必死に彼女と闘い、必死にいろいろな事実を肯定した、名誉のために。それは彼女の名誉でも、私の名誉でもあり、現実の名誉のためでもあった。もしかしたら酷かったのかもしれないが、わたしは彼女の夫、わたしの父がシムカであったことを一度彼女に思い出させようとした。すると彼女はわたしを信じられないような眼差しで見つめ、彼が三十五年も前に死んだ(本当は四十だったがなぜかわたしはそこを誤魔化した。ショックを和らげるためだったのか)ことを強調すると、母は怒り狂い、夫はたった先日死んだばかりだと言いながらわたしの顔を叩こうとした。わたしたちは必死になって喧嘩した、乞食が一枚の布切れをめぐって喧嘩するように。死を言うということになにか尋常ではないものを彼女は感じとり、激しくこのことばを拒否した。まるでわたしの言葉で彼女からなにかを剝ぎ取ろうとしているか、あるいは彼女になにかを強要しようとしているかのようであり、そうすれば、記憶から何年もの年月が消えてしまったことを彼女が認めなくてはならないかのようだった。残されたいくつかのことばと、それを言う能力でもって、彼女は一つの精神的・知覚的空間をつくり、それを密閉してそこで生き残ろうとする。それとは対照的に、わたしたちの聞いたり言ったりしたことばが、いかにわたしたちを傷つけ、ぐらつかせ、内なる住まいからわたしたちを追いだすこともできるのだということをその日痛感した。もはや母にはほんの僅かな情報しか外から受けとることができなくなっていた。ふつうわたしたちが受けとるよりも僅少の量だ。

＊

母には死の意味がわからなくなっていた。それは子供のころ、あるいは場合によってはもうすこしあとにわかるようになることで、そうやって出立していったものはもう帰ってこないことを理解するようになる。いやそれだけではない、その人たちがいなくなったことで、わたしたちが一定の時間共有する生の現実ができているということ、死が、現実の死が脅かすものを共有するからこそわたしたちは生きているのだということ、それを理解するようになる。しかしその感覚は、いかにわたしたちが「現実主義的」であろうとしても、部分的にしか身につけることはできない。死者が、わたしたちが夢を見ているときや、茫然自失としているとき、われを忘れているときに訪れてくることを防ぐことはできない。

わたしはしばらく、母の思考をもっとも脅かしている変化は、内面、つまりその精神生活と、人との共通した生活とのあいだを区別する能力を失ったことだと思っていた。あるいは人がだれだかわからなくなり、たとえばわたしの話をしながら(わたしにすることもあった)、二人の息子に言及したり(わたししか息子はいないのに)、彼女の面倒を見ている「おともだち」と言ったり、わたしを自分の弟と取りちがえ、死んだ叔父にしたりした。そして次第にこの能力の喪失が、人という、現実そのものを基礎づける本質的なもののすべてを、自分の人格をふくめて、蝕んでいくのだと思っていた。

しかしながら生と死の区別にまつわる不確かさも、生の境界線をしるす死を曖昧にし、彼女の思考にとって同じくらい危険で破壊的なものだった。私の死んだ姉、いなくなった姉を狂おしいまでに探し求めた数日後、わたしが母を探しにいくと、家にも、向かいの公園にも、スーパーにも近所にも母が見当たらない。ようやく、若いお医者さんの腕にすがっているところを発見すると、その人に、病気の息子(ぼく?)が入院しているヴァル・ドゥ・グラース病院に連れていってほしいと頼んだそうだ。また別のときには、穴の空いた部屋着とスリッパ姿でアパルトマンの入口をうろうろしていた。数人の女性に取り巻かれていて、母の錯乱し興奮した状態を見て、おまわりさんを呼んだところだった。危ないところだった。彼女は孫娘の一人が頼んだタクシーかバスに乗るために降りてきたのだとわたしに言った。それらが、逃げ去っていく現実に向かい合おうとして彼女がすることのできた最後の肉体的努力だった。逃れゆく現実との待ち合わせについて知っているのは彼女だけで、自分でそれをしているのだということはわからず、その流動的な約束に向かおうとしてははぐらかされていた。こうした混乱した外出から彼女を守るためにわたしは母を家に閉じ込めることにした。そもそも家から出たり、通りに降りたりする力ももうあまりなく、まもなくベッドからも起き上がりたがらなくなった。彼女の興奮、うわずる言葉、さまざまな動揺と熱を帯びた心配を鎮めるために主治医が鎮静剤を処方したこともあったかもしれない。そのすこしあと、わたしは母を入院させた。

そもそも、彼女は娘の死を完全に忘れてしまったわけではなかった。一時的に良くなることもあり、そのことを断片的に理解することもあった。翌年のある六月の日、病院に行くと母がしゃべっていた。自分で想像した場面なのだが、彼女を苦しめてやまない場面を繰りかえし語り、嘆き、糾弾しつづけていた。だれか、それも身近なものが、娘のバッグからお金を取ったというのだ。しかしわたしが彼女の言葉のなかに分け入っていって問いかけると、まるでバツが悪いかのように、あるいは遊んでいるところの現行犯で捕らえられたかのように、この場面を彼女はただちに思い出(そうではないのに)として語り、聞いていると彼女がわたしの姉の死をちゃんと覚えていることがわかった。まぁ「ちゃんと」といっても……。むしろこの「精神的内容」(娘が痛い目にあわされた)が、このとき彼女を悩まし、思い出と、現に経験する場面と心配のあいだを行ったり来たりする、流動的で不確かなステータスをもっているということがわかった。他者との関係においてかくも重要な区別、現実に起きたことと、ただ考えられたことのあいだの区別に彼女は煩わされることがなくなっていた。自分の考えでいっぱいなのだ。

虐殺

母は死がなんであるかを知らない、そうだとしよう。だからといって、はっきりとした決定的な段階から成る衰退の物語の年代記をつけることなどできない。たとえば昨日(二〇〇五年十二月三十日)も、母が死の衝撃を自分で感じる必要性をまだ感じつづけていて、いま現在彼女にできる範囲でそれに挑もうとしているという印象をもった。

彼女の言葉はロシア語でしゃべりつづける、繰りかえし(それが楽しいかのように、恐ろしいことを言うことに苦い歓びがあるかのように)殺される子供、殺された子供についてしゃべりつづける。彼女の言っていることは明白だ。*Oubili*(「彼らは殺した」)*malchiki*(「小さな男の子たち」)*i dievotchki*(「そして小さな女の子たちを」)。「どこで?」とわたしは聞いた。*V Litvie*(「リトアニアで」)。*Malchiki comme ça*「こんな」(最後の部分はフランス語で、床に向かって動作でそれがほんとうに小さい子供であることを示す)。実は二〇〇三年の十月からすでに、パリ近郊で何十万人もの人が疫病で死んだと彼女はわたしに語り、わたしが否定しても聞き入れなかった。

彼女がその先なにを言ったかを書き記さなくてはならないが、それはわたしにとって苦しい作業だ、なぜならそこにはわたしがずっと、母が高齢になってからだけではなく、ずっとそのまえから、期待していることが現れてくるかのようだからだ。つまり起こったことに揺さぶられる能力を彼女が示すこと、その感情を表し、それを自ら意識すること。わたしが思い出すかぎり、母は、ある種の頑なな禁欲主義、または慎みから、それをつねに自分に禁じてきた。

そう言いながら、それを繰りかえしながら、彼女は泣く(泪はないのだが)、それはまるで自分の哀しみを泣いているのではなく、子供たちの、殺される、殺された、これから殺される子供たちの哀しみを泣いているようだった。*Malchiki sidieli i plakali*(「子供たちは座って泣いていたよ」)、と彼女は旧約聖書の詩篇[5]の表現を繰りかえしながら言った、彼女はそれを言い、それを考え、それを見ながら(?)、唸って、嘆いた。その子供たちは殺されることを泣いていた、殺されたことを、殺されながら泣いていた、自分たちの虐殺を目撃しなくてはならなくて泣いていた。彼らは生きた亡骸だ、*krov'v litso*(「顔に血が」)、痺れた手で彼女は目の下に血のすじを描く。*Bili*(「叩いていた」)、バン、バン、バン、目のまえの空を叩くたびに彼女はそう言った、まるで言葉と目だけではなく、体でその場面をふたたび経験しているかのように、またはそれを再現するかのように。短く泣いているときでさえ、どこか超然としたヒステリーを見せるのだが、それが彼女の凝り固まった顔の表情に長いあいだ影響を与えていることはない。自分で語り、再現し、それに耐えながら、このドラマに飢えているかのようだ。彼女の声が、手と相まって、自分の中で、そして自分の目の前、この病院の一室で演じられるドラマの重みを伝えている。

彼女は、『小さな巨人』のなかで年老いたインディオの役を演じるダスティン・ホフマンの顔をしている。彼女は演じる、表情一つ変えずに、アトラスが世界をかつぐように、感情の重みに耐えている。

わたしたちは河のほとりに座り、泣いた。クロード・ランズマンのドキュメンタリー映画『ショア』に登場する、トレブリンカでかつてナチス・ドイツ親衛隊少尉だったフランツ・ズホメルの言葉がわたしのなかに呼び醒ましたイメージがふたたび甦る。ユダヤ人の裸の女たちが、「死ぬほど怯えながら」(と彼は言っていた)、ガス室が空くのを待っていた。「彼女たちにはガス室のモーター音が聞こえていた。もしかしたら叫び声や懇願する声も聞こえていたかもしれない。」

「自分自身でそれを見たの?」とわたしは平然と聞いた。彼女にはわたしの言うことが完全にわかる、彼女の言葉の劇場にわたしはもう入ってきたのだから。*Ia èto vidiela sama, maimi glazami.*(「見たよ、自分の目で。」)

*

これは一体なんだろう。彼女の言葉を促すものはなんだろう? 頭の中のイメージ? ファンタズム、思い出? 言葉や感情、物語の思い出が彼女のなかでイメージを呼び醒ましたのだろうか。そしてそれはいつのことだろうか。

母の母親、二人の妹そして弟とその子供たちが残っていたナチに占領されたリトアニアにおけるユダヤ人の虐殺について、母は証言や歴史の本を読んだり、間接的にでもその話題に触れるテレビや映画の映像を見ることを拒否しつづけた。「とても耐えられない」と彼女は慎みをもって、きっぱりと言ったものだ。わたしはそれに苛々した。それについて知ることのできることを直視するのを受け入れなくてはいけないような気がわたしはしていた。燃えさかる火のなかに取り残された近親者へのある種の連帯感から、場合によっては罪悪感から（父は最後に母とリトアニアに行ったときのことを語った、わたしの生まれるまえ、一九三六年だったはずだ。ナチの旗がたなびくドイツを列車で通過した。滞在が終わってパリに両親がもどる段になったときの出発は劇的で予告的だった。ポニヴェージュ――〔Ponivėje, リトアニア語でPanevėžys パネヴェジース〕またはコヴノ・カウナス〔Kovno-Kaunas, リトアニア語でカウナス〕の駅で別れを惜しんでいると、両親の義理の弟の一人が列車の出発とともにホームを走り出し、手を振りつづけた。つねに心配性で明晰な父は彼に言った「ここを離れると約束してほしい、亡命して、フランスやアメリカに行くと。」相手は呑気に、あるいは呑気を装いながら答えた、「心配しないで、万事うまくいくから」）。

　戦争が終わると母は家族の消息を求め、彼らがどうなったか、探した。赤十字と、復員兵と戦争被害者の庁、生き残った者たちのリストを作成していたジョイント〔アメリカ・ユダヤ人共同配給委員会」のようなユダヤ系の組織を仲介に、しまいには弟と二人の妹の生存をたしかめることができた(その配偶者たち、子供たち、母の母親でもあった彼らの母親は生き残らなかった)。三人は互いに一緒になることができ、ミュンヘンの「強制収容所生還者避難所」に収容されていた。行けるようになるやいなや母はそこに行った。そしてこの三人の人たちは、新しい家族を伴って、アメリカやパレスチナ(イスラエル国家はまだ創設されていなかった)へ出発するまえにそれぞれ、わたしたちの住んでいるヴィシーに会いにきた。

ミュンヘンとヴィシー(夜、食堂で長いあいだ大人たちは語り合っていた。寝にいくように言われたが、わたしはなんとなくその理由がわかっていた、まだその頃はロシア語を知らなかったけれど)で母は、父とともに、なにが起こったのか、マシャ叔母、ラヤ叔母、そしてナウム叔父とその連れ合いたちが思い出し語ることを聞いた。

いま、母は当時聞いたことをまた生きているかのようだ。人を区別する(だれがしゃべり、だれが聞き、だれが経験し、だれが見、だれが見たと語っているのか)ことができなくなったにもかかわらず、そしてそれができなくなったからこそ、再度それを生きている。

現実としての死・結婚

死を忘れただけではない。死と、死ということばの価値、分離するこのことば、とりかえしのつかない分断を施し、人類を、生きているものと死者にわけることば。たとえば、わたしの妻が死んだということを思い出し、それを受け入れたかに見受けられたころ、そのいなくなった人に新しい歯を買う必要がある(ほんとうは彼女にそうする必要があるのだ)ということを長々とわたしに話した。まるで、だれかが死んだというのは、「赤毛」だとか「大きな人」だとかいうのと同じように、一つの性質を示すに過ぎないかのようだ。「二回死んだ」人のことを、疑問をもたずに語ったりする。ほかにもたとえば結婚が何を意味するのか忘れてしまったようだ。結婚もまた同じように意味を喪失し、同じように価値がなくなってしまったのだ。もちろん、今日、結婚にむかしのような神聖な意味が与えられていないことはわかっているし、簡単に離婚するようになり、結婚はあっというまに解消される危険を伴っている。けれども母は「現代風」になりつつあるのではない。そもそもしきたりにとらわれる人ではなかったので、結婚というものが不安定なもので、続かせようとしなければ長続きするものではないということをよく知っていた。しかしいま起こっているのは——精神が崩壊しはじめた最初の頃のことだ、たくさんしゃべることによってその当惑を表現しつつ、それをカヴァーしようとしていた——別のことで、彼女の思考の中で、現実が一つ揺るぎ、はずれたのだ。現実は脆くなり、その脆さが彼女に影響を与えるわけだが、自分の脆さにちょうど当てはまるそういうものとして、彼女は結婚に言及する。とりつかれたように(ロシア語で)結婚について語り、まるで近所の噂話をするような仕方で、日中はユダヤ人ではない夫がいて、夜はユダヤ人の夫のいる女性の話をしたり、(二〇〇四年三月九日には)すごく年とった男性と、とても若い女性の結婚について、それが彼女にとってむかしからの心配事であったかのように、あるいはとても緊急な問題であるかのように語り、何回もわたしに自分と結婚するよう提案する。わたしは「そんなの無理だよ」と強調する(彼女の錯乱にちょっと絶望し、まるでほんとうにそうなってしまうのをどこかで恐れるかのようで、ユーモアでかわす可能性も、すっかり忘れていた)。「どうして無理なの?」

「忘れる」という動詞

だれかについて、何度も何度も母が、人物が安定することなく(「彼女」、「叔母さん」、「小さな女の子」)語っているのを聞いて、そのメリーゴーランドを止めようと思って母に聞いた。「なんて名前なの?」彼女はその問いを聞き、それにとても正しく、規則通りに反応する。「忘れた」と言ったのだ(*ia zabyla*, 覚えていない)。忘れるということがどういうことなのか、正確には覚えていないかもしれないが、「忘れる」という動詞は覚えていて、きちんと使う。そのことに気づき、それを覚えていなくてはならないのはわたしだ。

言葉はなかなか死なない

彼女はもう文章を作らないし、ことばを形作ることができない。けれどもわたしがしばらくそのそばにいると、しゃべりたいという気持ちがふたたび頭をもたげる。看護婦さんや准看護婦さんに対しては、比較的簡単に「はい」とか「いいえ」と答えているように思える。彼女たちの大声を張り上げて(よく聞こえるために)の質問に対して、まるでオートマティズムでそうしているかのようだ。彼女たちを信頼し、自分の家にいるような気がするのか、それとも彼女たちのやや有無を言わせないような口調のせいなのかはよくわからない。わたしとは、またちがった親密ななにかが微かに呼び起こされるのか、それともむかしの人格、むかしの威厳をふたたびまとわなくてはいけないと思うのか、しばらくすると口を動かしはじめる。もちろんなんと言っているかはわからない（入れ歯はもうないし、ある種の無気力状態に陥っていて）、けれどもそこにはしゃべろうとする意図がある。頭か心のどこか奥深くと音声器官の運動機能のあいだに位置する動きだ。もしわたしにかぎりない忍耐力があれば、ことばや文章がしまいには聞きとれるのかもしれない。そうしたい。そうすれば聞きとった文章を覚える努力をして、メモし、ここにそれを書きだすことができ、それらの言おうとしていること、言葉の努力そのものについて考えることができるのに。でもだめだ、うまく行かず、うやむやになる。一日の雑用、介護、食事、またはオシメを換えたり血圧を測ったり、そういったことが優先されてしまう。

准看護婦たちは明るく、元気で、母は「はい」とか「いいえ」と答えるしかない。わたしのように悲哀に満ちておらず、わたしのように苛々していない忍耐力のある人間がついているのならいいのだろうが、わたしには無理だ。何時間もそこにいることがわたしにはできない、自分自身が解体していくような気がしてくるのだ。わたしの人生のほかの部分がわたしを呼ぶ。

まだ彼女はしゃべりたがる、なにが言いたいのか、必ずしもわかっているわけではない。私自身、孤独や悲嘆にとらわれて友人に電話するとき、それは必ずしもなにか言うためではなく、言葉に自分を委ねるためだ。たしかにわたしは会話をはじめたり、それを維持したりすることができるのだが。この言葉の欲望はもしかしたらなくならないのかもしれない、一〇〇歳になっていた母から、それはなくなっていなかったのかもしれない。聞いてもらいたいという欲望。自分のエネルギーと兼ね合いをつけながら、自分の中から、自分のまだ知らないフレーズを吐きだす必要性はとても強く、それをだれかが注意深く聞いてくれると、その重みが薄れ、そのバカバカしさが緩和される。わたしには母が、海に張り出した岩のように、これほど時に身を晒し、老いの随分先まで行っていながら、諦めていないような気がする、その意欲を失っていないような気がする。

*

彼女のお守りのような呪文、*Ia khatiela vam skazat'*「わたしがあなたに言いたかったのは……」も次第に崩れかかっており、ばらばらになりはじめている(彼女にとってそれは一つのきっかけで、話しはじめることを可能にし、言葉へと導いていく飛び込み台だったにもかかわらず。そうした言葉は、大して意味がなかったり、現実の事と関係がなかったりしたけれど、すくなくともそれらは言葉だった。*Ia khatiela..., Ia khatiela..., Ia khatiela vavam vam...*)。それは空回りし、進まずに足踏みする(言葉というものは進むためにある)。彼女は無力感から、一生懸命言おうとして、自分の考えの中を見ようとして、考えようとして、目を見開く。そして一つの文章が出てくる、浮かび上がってくる。*Ia oumnaïa jenchtchina...*(「わたしは頭のいい女だ——またはだった」)、それは彼女がすでに言った二つの文節からなる文章の最初の部分だったのかもしれない(「……そしてこんなんなっちゃった」)。しかしこの続きの部分は欠けていて、彼女の言ったことは謎めいた断片にとどまり、中断された考えにすぎない。

Ia khatchou vam skazat'「わたしはあなたに言いたい」、それは、まるで彼女の言葉のこのタイトルが、彼女に一息つかせることを可能にするかのようだ、人間としての一息を。

*

ほんとうに、どうしてまだ母のところに行くのだろう? 女友達の一人がわたしに言う。彼女が荷が重すぎると思う義務からわたしを解放したいと思っているのか、それともそれが彼女の信念なのか、信じたいと思っていることなのかどうか、そこら辺は判然としないけれど。「お母さんの行こうとしているところに、あなたは一緒についていけない。あなたの(わたしたちの)世界にはもういないのよ。」

どうなのだろう。枕にもたれて上半身を起こし、黄色いシーツや布団のすみを結ぼうとしている。集めようとし、合わせようと、自分のところに引き止めようとしているかのようだ、名付けることのできない何かを、それが空虚か無秩序の方へ流れていってしまうのを押さえようとするように。

わたしには見える――そう言えるのだろうか?――、彼女のうちにまだ人間性があるのが、それは彼女の顔だけではない。腫れて歪んでしまったけれどもわたしの知っている顔。その人間性は解体し、ばらばらになり、残存しているものだ。それが一瞬のことであろうとも、彼女の心配するさまがそうだ。彼女はほとんど動かないが、無関心であるようには感じない、寝ているときでさえも。言葉も残っている。それに礼節を忘れず、丁寧だ。わたしに答えるときなど。盲滅法に答えているようで、ぴったり収まったりするとき(「ぼくが座っていたほうがいい?」と聞くと「少し」と返ってきたりする)。残された人間性がオートマティズムにすぎないと、惰性で考えてしまいたくなるけれど、考えてみればわたしたちの人間性は、部分的には、まさにオートマティズムから成っていて、わたしたちはそうしたオートマティズムを習い、それに服し、それによって深く人間化され、欲動や本能の束縛から解放されたのだ。あるいはまた別のとき、そうしたオートマティズムももう失われてしまったと思っているようなとき、それどころか、その日は彼女も調子がよく、ゆったりしていたりする。「食べてみる?」と、りんごの香りのする液体をひと匙勧めながら聞いてみた。「食べてみる必要はない」と彼女はためらわずに答えた。この答えにわたしは小躍りする、彼女のことをとても誇らしく思う。そのあとしばらくして、どうやらその日は雄弁な日だったようで、素っ頓狂だけれども、複雑で自然なフレーズを言い放ってわたしを驚嘆させた。映画のシナリオライターのフレーズのようだ。「月三六〇〇フランなんて、子供のいる人としては上々だよ!」その日の発言は、脈絡がなく、繰りかえしだけれど、在り得るようなもので、その背後にお金の心配が見え隠れする。だからこんなことも言った、一生懸命ことばを探し、見つけながら。「知られたことよね、……セントラル・ヒーティングの社員が、……高給取り、……だって。」彼女の言葉を聞いていると、ほとんど錯覚を覚える、ほんとうに彼女がそこにいるような気がしてきて、それほど彼女はうまく自分の役を演じている。会話を長引かせておそらくわたしをもう少し引き留めようとして(でも確信はもてない)、こうも言う。「顔色がいいねえ、今晩は……」

あるいはまた――こうした例をわたしはひどく大事に思う、宝石のように、そしていつかかたみのように――こんな会話。もうとても悪い状態で、病院でほとんど寝たきりだったときのもの。「疲れた?」とわたしはフランス語で聞いた。そこには同情とともに、ふつうで歴としたやりとりを促したい、その真似事でもいいからという思いがあった。「わたしは疲れているんじゃない、疲れきっているんだよ。」

それから、母の人間性のまた別の部分が、もはや彼女の外にあるように感じる。たとえばそれは彼女に会いにいくわたしのなかにあって、わたしの責任にかかっている。彼女の反応や言葉を触発し、それらを甦らせ、その可能性を維持したとき、そう感じる。

彼女は人間的であり、彼女自身である。その二つは――この最後の段階にあっては(彼女の寿命があとどれくらいあろうと、どれくらいの寿命が彼女に課されていようと)――区別できるもののように思える。彼女の人間性は、寝ているときでさえ表現力をもった彼女の顔であり、それがどれだけ衰えていようと彼女の女性の体、彼女の吐息であり、その体がわたしたちに抱かせる宗教的な敬意だ。その体がどれほど弱り、衰退していようとも、それが不動であっても。命が抜けてしまっても。

准看護婦が明るい声で「マダム・パシェ、どうですか？」と呼ぶと、小さな唸り声をあげるか頭を動かして反応する彼女を見ていると、彼女が彼女自身であるということを疑うことはできない。彼女が彼女であるということを意識しているとも、知っているとも、覚えているとも思わないし、彼女が自分だと言ったり、思ったり、考えたりすることができるとはあまり思えないのだが。彼女は心配され、食事を与えられ、治療を受けている二二五号室のマダム・パシェだ。いずれにせよ、彼女の人間性の一部を抱えている者としてわたしは彼女のアイデンティティも抱えていて、彼女の名前を知っている、ギンダ、それとその愛称（ギンドゥッラ、ギンドチカ）、そして彼女の書類や財産を管理し、彼女の人生の一部を知っていて、彼女と親しい人の多くを知っているか、彼女がその人たちについて語るのを聞いたことがあったり、写真で見たことがあったりする。

家に小さな厚紙の鞄がある。それは彼女のものだった、あるいはまだ彼女のもので、思い出の品々がそのなかに納まっている。紙片、写真、もう彼女の住んでいないアパルトマンから来たさまざまなもの。この鞄はわたしの一部だ。わたしは母の一部だ。わたしは彼女の代理人だ。わたしは、わたしにできるかぎりの責任を、彼女に対してもつ。

彼女の口は言葉を言おうとしているが、残りがついていかない。意味のあることをしゃべる機械はあまりにも傷んでしまっている。この機械は、彼女がしゃべりたいと思ったとき、空《くう》のなかを進んでいくためのフレーズやことばを提供することができていたのに。

＊

歯も入れ歯もない(というのもこれを病院でなくしてしまったとき、彼女はもう年取りすぎていて、そしてとくに錯乱しすぎていて、歯医者でレントゲンを撮ったり、歯型をとったり、試しに装着してみたりといった診察を真面目に検討することができなかった――想像すらできなかった――から)彼女の口は言葉であろうとする、意味をつかまえようとする、喘ぐような音(ハーハー)を発する。

彼女はふーふーいい、はーはーいい、唾をのみこみ、咳をし、唸り声のようなものを出し、ことばにならない音節をむしゃむしゃいう。

そうしたとき、口頭で何らかのつづきがあるわけではなく、たとえばそれは突発的な努力の結果で、そのあとには、疲れ切った弛緩がやってくる。

それでも彼女の好奇心は完全に消え失せていない。僅かにしか見えないその視力をわたしと、わたしの動作に注ぎながら、コートのポケットからわたしが取りだした手帳のほうに目を向けている。これを書いている手帳だ。

そして、もう他に何をすることもできないような気持ちで、大声で「元気?」と聞くと、「元気」と返ってくる。それは彼女のなかのある種の礼儀の反射神経で、とても奥深くにあるものだ。彼女は言葉の関係性という基盤を完全に失ったわけではないのだ。そこでは、だれかにしゃべりかけられたら答えることが期待されている。何かをもらったとき、「ありがとう」ということが期待されているように。

もはや彼女はしゃべらないのか?

彼女はもうしゃべらない、言葉のスタートのようなものしかない。しかし完全に言葉の外にいるわけではない、言葉が彼女から完全に去ってしまったわけではない。たとえばフランス語の言葉が突然、突拍子もなく口をついて出てくることがある。それは、静かな活動がずっとつづいていて、それが突然溢れでて、言葉を経由して出ていくのを要請するのだということを証言している。「……もよく食べるべきもの。二つとも食べるべき。」わたしは聞く、「二つとも?」彼女、「そう」(顔は表情一つ変えず)。

そうすると彼女を取り巻く言葉が違って聞こえてくる。たとえば他の入居者たちの。マリー：「ねえ、わたし、自分がどこにいるのかわからない。こっちに来て。」そして、嘆願するようなというよりは命令するような調子で：「ここはいったいどこなんだ？」

別の一人は：「あのわたし怖いの。わたしはクソよ、クソのクソよ。」やはり車椅子に座っている隣りのだれかが「食べてお黙り」と応じる。「わからないんですよ。」

他の婦人がわたしが前を通りかかるのを見て：「あなたと一緒に出かけていいですか？」

マリー：「お母さん見に来て、ねぇルルー！」それに呼応するようにまた一人が：「わたしもすごく辛い！　ほんとうに辛いの！」

マリー：「一緒に連れてって、ルルー！　ルルー！」

別の一人：「お願いです、わたしたち独りでいるのが怖いんです。会いにきて下さい、おしゃべりしに来て下さい。」

これを聞きながら、わたしは気も狂わんばかりに同情することと、無関心でいることのあいだで躊躇う。それはだれしもが若いときからすでに慣れはじめる不思議な状態だ。なぜならそれは世界の法則のようなものだからだ。しかしそれを説明する言葉をわたしたちは持ち合わせていない。

＊

ほんとうのことを言うと、また絶望し、もう終わったと思っていたが、それは間違いだった。

今日（二〇〇六年四月二十七日）、見舞いに行き、また根気よくベッドの隣りに座ってじっとしていようと思っていたところ、彼女は目を閉じていた。明るすぎるのだろうと見当をつけてブラインドを半分ほど下ろすと、彼女は目を開けた。彼女に話しかけるが、反応がない。ところが突然まったく非常識なロシア語の文章が口をついて出てくる。わたしは腹を括る。

するとヴァイタリティとやる気のあるルーマニア系の准看護婦さんがやってきて、わたしにおやつのカップを渡し、母にスプーンで食べさせるように差し向ける。しかしまず彼女自身、母を刺戟しにかかる。母のほうに体を屈め、右側の耳の髪の毛をかき寄せ、耳のなかに直接、それもかなり大きな声でしゃべりかける――フランス語で。「こんにちは、パシェさん！」「こんにちは。」

おや！　反応している、それもフランス語で。それから「食べますか？」と尋ねられる。返事はない。わたしのほうを指差しながら、「だれだかわかりますか？」母は反応しない。けれども准看護婦さんは諦めず、わたしに名前を聞き、母の耳に語りかける。「わかりますか？　ピエールですよ。」すると母ははっきりと「ピエール・パシェ」と言った。

ルーマニアの女性が部屋をでると、わたしは勇気づけられて、対話をつづけようとする。たしかにわたしの言葉にだいたい対応する反応が得られる。ややオートマティックな反応ではあるのだが。

ところがそうしているうちに、彼女の言葉がこの形式的な枠組みから解き放たれたのだ。

わたしはやや無理矢理、彼女につまらないことを言って自分で笑ってみせようとする。この笑いを、彼女は自分のものとし、それに伝染されたのだ。赤ん坊のように彼女はわたしに笑い返しながら、その笑いを自分のものにした。二人のあいだで幸せがこみあげる。わたしは彼女にその笑いを押し付けた(それはわたしが自分に押し付けた笑いだった)のだが、彼女はそれをある種の感謝の念とともにわたしに返してくれた。そしてそうしながらそれを自分のものにした。生からいまにも出ていこうとしているこの女性の前でほど、いかに笑い——それは子供の発達する目に見える過程で、歴史的に言語より先にくる——が言語を担っているものであるか、笑いが言語の基礎の一つであるかということを強く感じたことはない。共有される笑い——そして笑いはおそらく本質的に共有されるもので、孤独者の気違いじみた笑いでさえそうだろう——が突如、お互いを理解しうるということを可能にするもののように思われる。自分自身を理解すること、だれか別の人を理解すること。

わたしの目の前で笑っている人の笑いがわたしを笑わせるとき、それは「オートマティズム」ではない。わたしの指示なしに起こることではない。そこに礼儀や愛想を施したりする(それは喜びを表現する、相手に相手の喜びをこちらが喜んでいることを見せ、ふてくされていないことを見せる)。わたしはわたしたちの間に同意を作りだす、それは過ぎ去っていく時間に預けられ、なにも望まず、なにも打ち立てようとはしない、しかしその分強いのだ。彼女の笑いを受け止め、それを自分のものにすることによって、わたしはまるで彼女の言葉を捉え、それを繰りかえしながら、そこにわたしの言いたい気持ちを注ぎこむかのようだ。言語というものの大部分は、この模倣[mimétisme]の上に成り立っているのではないだろうか。この模倣によってお互いしゃべれるようになるのではなかっただろうか。

わたしが上着を羽織って立ち去ろうとするのを見て、彼女は心配する。「お帰りになるんではないですよね？」

気まずくなり、わたしはしどろもどろになる。彼女はつづけて言う。「こういう訪問って、いつでもうれしいもんですよね。ね、そうでしょう？」

彼女の人間性、彼女の人格が、部分的にでもこうして甦ったかのようであるのは、謎めいている。わたしの胸にとくに訴えるのは、言語よりももしかしたらより人間的な態度というものにおいて、彼女が言語を利用する能力をもっていることだ。たとえば、立ち去ろうとするものを心配そうに、哀しげに見やったり、別れのこの難しい瞬間に嘆きに身を任せるのではなく、「ちゃんとしていること」、笑うこと。まるで言語に尊厳を与えるものが、言語への信頼であり、言語の分有しながら強化する能力、わたしたちが感じることの激しさに耐えたり、それを緩和したりする能力であるかのようだ。言語の人間性は、そのたしかに驚嘆すべきテクノロジーにあるのではない（さまざまな音素や、音素を組み合わせる能力、文章を作り、イントネーションをつけたり理解したりする能力）、それよりもむしろ、言語が人々の心の広さを呼び醒まし、言語に身を任せるように人々を励まし、言語をさまざまな気持ちに結びつけるよう励ますその仕方に、言語の人間性はあるのだ。

彼女のユーモア

ユーモアは大抵評判がいい。健康の印、または狂信的な態度や狂気の反対と見做されたりする。母にはつねにユーモアがあり、わたしの学校の友達も家にそれがあることを羨ましがっていた。まるでユーモアの距離が、家庭内の空間の狭隘さを減らしてくれることを約束しているかのように。それはそうでもあり、そうでもなかった。厳格な習慣はこのユーモアでびくともすることはなかった。ユーモアは、家庭内の習慣の精神的な枠組みを変えるだけで、ユーモアに触れることによって、ジョーク一つの間だけ、そこから精神的に逃れることができるということを示唆するにすぎなかった。

おそらくユーモアにはより効果的な使い方というものがあるだろう。だがそれだけではなく、ユーモアにそれなりの広がりをもたせることもできるだろう。彼女の精神がわたしの目の前で崩壊するようになってから、母のユーモアがより精確に見えるようになってきたような気がする。まるで、川が、水かさが減ることによって川辺に岩を残し、その岩が、より単独に、より観察しやすくなったかのようだった。さらに、わたしが彼女のユーモアを考えるのがはじめてだということもある。それは彼女の存在の(つまりわたしの存在の)単なる一つの要素であることをやめ、問題化され、わたしの関心を呼び醒まし、わたしに思いだすよう促し、それがわたしの人生を守ってくれたのだということに気づかせた。

例を一つ(二〇〇五年八月九日)。わたしがいつも繰りかえしている問いをまた彼女に投げかけてみる。その問いにふだん彼女は戸惑うのだが、今日はいい具合に受けとってくれる。「ぼくがだれだかわかる?」「わたしの夫?」「いや。」「わたしの兄弟?」「いやちがう。じゃあだれだろう?」すると彼女は*Moï kavalier*(「わたしのエスコート」)と答えた。面白く、気の利いた名指し方だ。舞踏会でエスコート役を担った男性と一緒になるように、わたしが、彼女に付き添い、人生が彼女に与えたある種のパートナーであるということがわかるのだ。そこにはまた、彼女が愛に関する事柄についてつねに見せた、少しだけ思わせぶりに面白がる距離感も見出される。それは変わりもしない距離感で、いまもまだ震えていて、彼女がまだ嘗ての女の子、嘗ての若い娘でありつづけていることを、あるいは一瞬その若い娘に戻ったことを物語っている。子供がいない、あるいはいたとしてもそれを認めたがらない、あるいはそれを覚えていない若い娘。

半分は安堵を覚えながら、そして半分は嘆かわしい気持ちになりながら、わたしはときどき彼女のユーモアが、彼女が自分の感覚や他人の言葉と関わるときのやり方の核心にあって、それがすべてのコンテキストが失われても生き残っているような印象を受ける。彼女のユーモアは軽いからかいの調子として現れるのだが、それこそが彼女の優しさのあり方だ。だから(二〇〇五年三月)、わたしが一生懸命言っていることが理解できないようであるにもかかわらず、彼女がこんな別の時代のフレーズを口にするのを聞いた。何気なく言ったのが一段とおかしかった。「それは——ご親切な——お言葉で。」

別のときだが(二〇〇六年六月八日)、その日は反対に、そういうことは珍しいことになってきていたのだが、わたしに親しい仲の二人称単数を使うことを受け入れつつも、警戒するような距離をおいてわたしを見つめ、わたしに接していた。わたしが「ぼくがだれだかわかる?」と聞くと、母は咄嗟に、無造作にであるかのように答えた。わたしとわたしの質問を厄介払いするかのように、そして親戚関係における人と場所をまぜこぜにしながら。「あなたのおじいさん。」わたしは少し自尊心を傷つけられたような、少し機嫌を損ねたような気持ちで、立ち去った。そのとき、母が孫娘について、わたしの姪について、的確なことを言い、姪が彼女にとって安定したアイデンティティを確保していただけに一層そんな気持ちがした。

統合することができる

母と接しながら、そして彼女の遂げる変化のもたらす作用を感じながらわたしがわかったことは、ある種の負の知だ。わたしたちのだれもが日常的に、それをしながらしているということにさえ気づかないようなこと、そういうことが母にできなくなっていることがわたしにはわかる、あるいはわかったと思う。たとえば、歩く、階段を降りるという、病気だったり手足がなかったりといったことのない大多数の人にとって、あまりにも簡単なことだが、仔細に検討してみるとこうしたことは、互いに調整が必要で、互いに繫がっていて、同時に行われたり、つづけて行われたりしなくてはならない小さなたくさんの動作から成り立っている任務であることがわかる。歩きだした小さなこどもや、歩くことをふたたび学ばなくてはならない術後の人などを見ればそれがわかる。歩くということは、とても信じられないほど危険な動きに四肢を委ねることであり、おまけに転んではいけないのだ。歩くということは簡単なことに思える。それは安定した地面に二つの足が置かれているということに思える。それがそうではない。歩くということはいくつもの転落を避けることなのだ。脚を一本前に投げだすとともに体重も前に投げだし、怖がらずにバランスを崩さなくてはならない、なぜならもう一歩の脚が進み、その脚によってバランスを取り戻すことがわかっているから。そのとき、歩くということが自転車に乗ることや、綱のうえでバランスをとること、あるいは自転車に乗って綱のうえでバランスをとること、または泳ぐことと同じくらい難しいのがわかる。それは同時に簡単なことでもある、なぜなら、そこで問題になるのは習得された能力であり、その能力が、わたしたちの中で、呼び覚まされようとしていたまさにその場所で、呼び覚まされるのだから。

母ができなくなっているのは、おそらく、彼女が受けとったり、もともと彼女のなかに蓄積された情報を統合することなのだろう。いや「情報」というのではない。彼女がときどき発する言葉や、かつて発していた数多くの言葉をとおしてわたしが感じるのは、言語学や情報処理学、または認知心理学のさまざまな理論が情報とよぶ、抽象的な観念や人工的な単位ではなく、文字どおり人間的な要素だ。母に会いにいって絶望的な気分になるとき、「なんで行くのだろう、もう母でないだけではなく、もう人間ですらあるとはいえないかもしれないのに」と考えそうになるとき、彼女がほんのちょっと何か言うと、そこに人間的な要素が漂っているのを認めずにはいられなくなる。そしてその要素をわたしは受けとめ、保存しなくてはならない。なぜならそれは神聖なものだからだ(ユダヤ人にとって、神聖な書物であるトーラか、神聖な言葉を内包する祈禱書が床に落ちたり、汚れたりしたとき、それに接吻し、この痛手の埋め合わせをしなくてはならないように)。それがどれほど貧しく、ばらばらな要素(*dva kouska khleba*「パンをふたかけ」、または *maia dotchka*「わたしの娘」)であっても。こうした要素は、配慮を、人と人のあいだの絆を、行為に向けて開かれた思考を備えている。

彼女の発散するこうした人間的な要素を、彼女は自分にただしく関係づけることができない、それをもとに、自分を構成し、再構成することができない。うまくない言いかただ。これでは、彼女の意識の中に、意識というものの中に、まずいろいろな要素があって、そのうえで思考か精神活動がそれらを集合体に、知識や世界の表象に組み合わせ、それらが今度は人格を、あるいは人格の確固とした部分を構成すると、わたしが思っているかのようだ。だがわたしはむしろその反対を言いたい。人間的な精神活動を目の前にしていると思わせるものは、組み合わせたり、統合したりする能力で、その能力は種の長い進化の中でわたしたちの身についたもので、経験のさまざまな段階がわたしたちにもたらすいろいろな要素を相手にする。この能力は、母のなかで、完全に破壊されてはいない。損傷されているだけだ。こうして彼女にとって、いくつもの脆く、儚い可能世界が構成され、現実の試練を受け、現実に従うまもなく、そこに、疑問に付されることなく、漂いつづけている。いくつもの無償の世界。

彼女において失われてしまったのはおそらく、自動操縦の能力だ。それはわたしたちが何か特別な内容に関わっているときに、そのあいだわたしたちの注意していないものがわたしたちの外に逃れてしまわないことを可能にしてくれる能力だ。わたしたちはいとも簡単に、遊んだり、電話をしたり、夢想や会話、または眠りに没頭したりできる。その意味で眠りは活動のなかの活動ともいえるのだが。しかしだからといってわたしたちは自分たちがそうであるところのものを失ってしまうわけではない。そうした活動から出てきたとき、わたしたちを構成している、わたしたちのある側面とまたちがった側面のあいだのさまざまな関係に復帰し、そして世界の全体的な把握をし、その中のどの瞬間に自分がいまいるのかということを再認識(この認識は寝ているあいだは欠落している)することによって、ほぼもとのままの自分を取り戻すからだ。わたしたちがいちいち考えたりしなくとも、それは安定したかたちでわたしたちを待っている。彼女においては、一つの心理的段階から別のそれへと移るあいだに、それもとくに寝ているあいだやうたた寝をしているあいだに、それは崩壊し、なくなってしまう。目が醒めたとき、彼女はそれが再構成できなくなっている。

＊

──ひとりの男性が手術を受けに行くんだよ。

──なんの手術？

──頭の。

──どうやってそれを知ったの？

──新聞で。

それからそのフレーズが何度ももどってくる(思いつきなのか、気がかりなのか、オートマティズムなのか？)。

──ひとりで手術を受けに行ってはいけないよ。(「すぐ」が入ったりすることもある。)

──だれが？

──わたしの夫。

しばらくしてから、

──四四三。

——四四三？

——そう。

（二〇〇六年五月六日）

言語《ランガージュ》の二つの機能

何年ものあいだ老婦人のもとで積極的に過ごし、観察し、心配しつづけたが、彼女は終いにはわたしがだれだか、ときどき発作的にわかる以外はわからず、わたしに対してとくに愛着も親しみすらも感じているように思われなくなった。しかし何年もの、何百もの時間をそうして過ごした結果、彼女の現在（二〇〇六年）の言葉《ことば》から、言語の機能についていくつかの推論をしてみたい（ようするに起動する言語について、「使う」言語について、つまり言葉《パロール》について）。

母を聞いていると、彼女としゃべろうとすると、まず最初にわたしが確認したのは、ここにあるもの、「この場合であるもの」と分析哲学者はいうだろう、これについてしゃべる言語の機能だ。母の場合、それはとても衰退し、弱くなってしまっているが。その日の天気だとか、部屋のなかの光の状態とか、食べ物の味、痛みや不快な感覚、考えなどがそうだ。この機能が母においてひどく衰退しているのは、外界のものを知覚する能力が衰えていたからであると同時に、またそれとはべつに自分の感じること(情動、感情、感覚)に関して彼女がつねに控えめだったからで、話し相手や聞き手や証人と出会っても、そのアイデンティティや存在がなかなかわからず、彼らがほとんど見えず、聞こえず、そうした人たちの存在は、彼女にとって明らかに随分と安定性や一貫性に欠けるようになっていた。

その次にわたしが目撃したのは他者に対して向けられた機能だ。何かを頼んだり(彼女が何かを頼むとき、たとえば、家に連れ帰るようわたしに頼んでいたとき、その悲痛な願いにどこか嘘っぽいところ、疑わしいところがあったが)、人に挨拶をしたり(すでに何回も言及したが、彼女の礼儀正しさは不思議なことにまったくもとのままだった)、いやなのに触られたりしたときに抗議するため、そして場合によっては人を呼ぶために。

けれどもわたしはこのリストに何か欠けているような気がする。そしてそれが何なのかをはっきりさせ、それを定義する責任が自分にあるような気がする。そうでなければ、わたしは最後まで自分の務めを果たしたことにならないだろう。

排出機能？

隣の部屋で叔母が小声でブツブツ言っているのが聞こえた。かなり小さな声でしか叔母はしゃべらなかった、なぜなら彼女は自分の頭のなかになにか壊れて浮いているものがあると思っていて、大きな声を出しすぎるとそれを移動させてしまうと思っていたからで、しかしながら彼女は一人でいるときも、なにか言わずにはかなかいられなくて、それが、血の巡りを滞らせないという点で自分の喉にとってよく、彼女をしばしば苦しめる窒息や不安を少なくすると思っていた。また、彼女はほとんど動かずに生活し、ちょっとした感覚にもなみなみならない意味を与えた。彼女はそうした感覚に可動性を与えるので、それを黙っておくことは難しかった、そして話し相手、それを伝える相手がいないので、自分自身にその報告をし、彼女の唯一の活動である終わりなき独り言を営んでいた。『スワン家の方』

彼女が、自分の言葉と「遊んでいる」という推測を立ててみた。物で遊ぶことによって、なにかすることを見つけ、時間を過せるように。しかしそれだけでは、そののちに述べた言語の「専制」とどのように折り合いをつけているかを説明するのに不十分であると痛感していた。以下のことを提案してみよう。

まず言葉の機能の一つは、自分の外に、内的な空間の外に、そこでしゃべっているもの、わたしたちにつきまとって、邪魔になっているものをまさに排出するという機能なのではないか。自分のなかにある言葉、「頭をよぎってゆく言葉」、それがまさに「通り過ぎていかない」とき、そこにとどまって、繰り返され、繰り返されることを要求し、それが、まるで独自の力をもっているかのように、たえずつきまとうようになったとき、どうすればいいのだろう。本能的にそれを捨てようと、それを口にして解放されようとするのではないだろうか。言葉がしゃべっているのだから、どうせなら外でしゃべらせればいい、必ずしも自分のものではない耳が聞いているところで。

しかしそもそも「通り過ぎていかない」というのはどういうことなのだろう。というよりもどうして「通り過ぎていく」のだろう。それは、忘れてしまうということだが、それだけではない。忘れてしまうまえに、精神はまた別のネガティヴな能力をもっていて、それは精神にとって本質的な力なのだけれど、考えを吸収するのだ。まるでわたしたちが「精神」と呼んでいるものが、考えや文章、突発的な思考を引き起こしたり、それらが生じることを可能にする一方で、それらを吸収したり、落ち着かせたり、自己のうちに沈ませたりすることができ、終いにはそれらがふたたび出現することも出現しないこともまた在り得るような、そんなことを可能にする物質(としておこう)であるかのようだ。吸収するのは、他の出来事(それは考えであったり、知覚、考えの路線であったりするだろう）に余地を残すためだ。精神生活というものは、いくつかの方向に、場合によっては拘ったり型どおりになったりしながら、従いたがるものであるにしても、外的な要素か、自身の内側から出てきた要素を糧にせずにはそうすることができないもので、そこに偏執狂的な考えや表現が居座ってしまうと、それができなくなるものだ。そうした固定観念が、道路の真ん中のコンクリートのブロックか、目の中に入った埃のように、大きな障害物となり、思考のうえにのしかかり、非生産的な一点に固定してしまうのだ。

言葉を「排出する」という言い方にはもちろん無理がある。確信を与えずに、息や唾液を与えずに、言葉に身を任せずに、言葉の味方をせずに言葉を言うことはできない。人の言葉を引用し、役者として演じているときでさえ。もし排出するということがあるのなら、わたしたち自身も言葉とともに少し排出されているはずだ。いずれにせよ、言葉は吐き出すもので、言葉が要請する空《くう》にそれは投げだされる。言葉は空のためにあるのだ。「内的」といわれる言葉で、声に出された言葉に根ざしていないものなどあるだろうか。

（わたしにはそんなものはないように思える。すべての内的な言葉は口頭に司られており、そちらが「起源」にあるように思える。しかしそう書きながら、デリダのテーゼが、それを発見したとき、わたしに残した強い印象を思い出す。起源に口頭の優位がある——書かれた文章に対して——と思うのは「言葉・ロゴス中心主義」の幻想で、すべての言葉に先立つ書かれた言葉が存在したというテーゼだ。「書かれた言葉」、これこそが「内的な」言葉なのではないか、発話されていない、発話されるかどうか確実でない言葉。言われた言葉以前の言葉というものがあるのではないだろうか、それも必然的に？　もしかしたら、そうかもしれない。それは先立つ内的な言葉かもしれない。しかしそれは空中で反響するためにできたもので、空こそがその領分なのだ。それにわたしが問題にしているのは、ずっと一人で暮らしてきた年寄りで、孤独なために別のだれかと定期的にしゃべることが久しくできなかった人で、その人にあっては内的な言葉——しゃべろうとする意志——が増殖したかもしれず、いやより精確には内的な言葉が異様な厚みをもつようになり、有無をいわせず、言葉としての柔軟性を失ってしまっているということを思い出さなくてはならない。）

どのように脳は死ぬのか?

母を観察している、そのときどきで、変化が起こることを期待したり、幼児が進歩するのを観察するように彼女が衰えていくのを見つめたりしながら。興味深く観察するのだが、その興味は不確かなもので、つねに戸惑っている。

もちろん彼女の状態がよくなることを望んでいる。わたしのことがだれだかわかるようになり、わたしと意味のある会話ができ、わたしの言ったことが頭に入っていって覚えていてくれ、自分の過去と再びつながってほしい。再び肘掛け椅子にまっすぐ座れるようになり、立ち上がり、歩き、外の空気を吸いに庭に降りていってタバコを吸い、訪問を受け、誰かが来るのを待ち、来なかったときにがっかりすることが再びできるようになってほしい。若返ってほしいとまでいわなくても、一時的な小康状態か少し前に戻ることができたら嬉しいし、そうした兆候が見られるように思われると実際嬉しくなる。

それと並行して、彼女の衰弱が——できるだけ静かに——彼女を死へと向かわせてくれたらと思う。現在の状況に陥るまえ、彼女はよくわたしに、もったいぶらずに、しかし真面目な調子で言っていた、ある限界を越えて生きたくないと。そして尊厳死協会の声明を新聞から切り抜き、その記事に自らサインし、それらしいものにするために日付を書き込み、自分の意志を証言する書類としてわたしに託した。

その紙片がどうなってしまったかもはや知るすべもないし、その当時の彼女の意志を今日尊重させる手立てがわたしにはない。母は重篤な病気にかかっているわけでもなく、苦しんでいるわけでも、「過度の医療」に殉じているわけでもない。もしそうであったならわたしは彼女の名においてそれに反対しなくてはならないのだが——しかしどうやって反対するのだ？ この理念に、この尊厳への権利に理解を示し、賛成する、場合によっては協会のメンバーであるそんな医師を探して反対するのだろうか。協会は次のように問いかける、「わたしたちはわたしたちの意志に反して、荒廃するまで延命処置を受けるのだろうか？」

母が衰えてしまったいま、母が、もはやかつての彼女の一部、あるいはいくつもの彼女自身の部分でしかなくなってしまい、充全な意味での意志をおそらくもたず、それを表現することもできないいま、わたしはかつての彼女の望みの受託者であり、彼女が静かに、そしてそれほど長引くことなく死にゆくことを望んでいる。彼女がはっきりと、しかしそれ以上何も付け加えずに、最期へと向かっている意識を語るのを最後に聞いたのは二〇〇五年の二月だ。*Ia kontchaiou maiou jizn'*「わたしは人生を終わらせようとしている」。

そして、わたしが彼女において注視しているのがその人格と精神的能力の崩壊(彼女はもう歩かない、立ち上がることも上半身を起こすことも寝返りを打つこともできないし、だれかを呼ぶことすらできない)であるからには、彼女に付き添い、待機しているうちに一つの問いが生まれる。

脳はどのようにして死ぬのだろう?

それはどうやって死ぬことができるのだろう(腫瘍や傷害、何らかの変性に見舞われ、だめになり、脱=脳化しているのでなかったとしたら)? 血や酸素が行き渡らなくなったり、心臓が止まって血液が循環しなくなったり、あるいは何らかの間接的な影響(と思われる)で、上位神経組織の命令が劣化して肝心な生命機能が冒され、脳が機能しなくなる可能性があるということはわたしにもわかっている。そのとき脳は(脳は?)スイッチで電気を消すように、コンセントを抜かれたかのようになる。痙攣か内出血か窒息が起こって。

しかしその内的な組織において、脳は、一人の人を活かしている上位機能全体は、死に冒されうるのだろうか？　わたしにはそれがなかなか想像できない。

わたしの疑問はナイーヴで馬鹿げてさえいる、けれどもそれを問う権利があるような気がする。

専門家に尋ねることによって少し知ることができた。彼には二つの答えがあった。まずわたしが学んだことは、諸器官の中で脳が特別な位置を占めているということだ。体全体にとって血が足りなくなったり、活力や酸素が足りなくなったりすると、脳が優先され、他の臓器は残りものでなんとかしなくてはならない。たしかに脳が一番弱い器官なのだが、このシステムによって部分的に守られている。

もう一つわかったことは、監視され看護された母の状態では、体は脳の知覚的機能を必要とすることなく生命が維持できるということだ。彼女は買い物をする必要がなく(買い物をしなくてはという固定観念は残っているが)、食べ物を用意する必要も、自分の面倒をみる必要もない。脳がある日保証できなくなる可能性があるのは彼女の

「自律神経性」の機能(心拍、血圧、自動呼吸、体温調節)だ。そうなったら救命センターが彼女の弱った脳のこれらの機能を補うか、そうでなければ彼女の生は止まるだろう。しかしいまのところ、「周縁的な」生命維持機能(心臓、肺、腎臓、腸、肝臓……)がやられていないかぎり、脳というものはあまりに豊かで、複雑なものだから、いくらでも再生とまではいかなくとも、すくなくとも自己回復する(どうにかこうにかして)ように思われてくる。

それが終りとなるのだろう。一つの精神は外からしか殺すことができない、エネルギー供給を断つことによって。

それはまるで精神に、更新の際限のない力が備わっているかのようだ。際限のないというのはもちろん大袈裟だ、けれどもそれがついえ果て、途絶えるまえに、それを支えている体のほうが先に屈するかもしれないのだ。

わたし自身理解するために、そしてわたしの言っていることを理解してもらうために、スタンリー・キューブリックが一九六五年に(SF作家のアーサー・C・クラークの協力を得て)思いつき、一九六八年に『二〇〇一年宇宙の旅』で映像化した、あのあまりにも印象的な場面を思い浮かべたい。任務が終わったのち生き残った宇宙飛行士たちは、宇宙船に搭載され、彼らを助けるはずの、知覚能力をもち、しゃべり、ある種の自意識をもった超強力コンピューターHAL(IBMを明らかにもじった)が自分たちに敵対するようになったことに気づく。彼らはHALをシャットダウンし、電源を切ることを決断する。デーヴが一つ一つ、コンピューターの「メモリーブロック」を外していくと、コンピューターは身を守るためにしゃべり、懇願する。観客のわたしたちは、拷問にあっている一人の人格の苦しみを目にする。拷問によって、その人格を構成しているところの要素が徐々に取り上げられ、当人はそれに立ち会わなくてはならないのだ。麻酔もない状態で、弱っていく意識でもって。そこでは支えのない苦悩が曝け出される(この物語ではHALだけが人間のように振る舞い、まさに人間的な、見るからに人間的な死を死ぬ。それに対して他の人物は無感覚で、効率的で、冷酷だ)。「デーヴ、あなたはわたしの精神を壊しています……わからないのですか？……こどもに戻ってしまう……何でもなくなってしまう……」

デーヴはコンピューターのメモリーブロックを一つ一つ外しつづける(ブロックは無重力状態の宇宙船のなかで浮いている)。HALはそれなのにしゃべりつづけ、教え込まれた情報を暗誦し、自らを回復するためにまるでそれが本能であるかのように、彼を彼たらしめているデータに立ち戻ろうとする(これは老いの通説に従った考え方だが、わたしには部分的にしか妥当でないように思われる)。「わたしはHAL9000、製造番号3だ。わたしはイリノイ州アーバナのHAL工場で、1997年1月12日に稼働した……デーヴ、まだそこにいる？　きみは10の平方根が3.162277660168379なのを知っている?……なんだかうまくいかないようなんだけど——わたしの最初のインストラクターはチャンドラ博士で……」

シナリオ・ライターの考えは、ドラマチックで感動的なシーンを見せようとしているにもかかわらず決して単純ではない。メモリーブロックが取り除かれることによって、この人工知能は衰退し、ついには破壊される——しかしそれは直線的進行を辿るわけではない。精神構造において複雑だったものは、弱体化し衰退しながら、複雑でありつづけるのだ。ついに言葉が途絶えたように思える(そして観客は、わたしが母の前でそうであるように、諦めると同時にホッとする)。ところが言葉はまた出てくる、もっとゆっくりと、もっと機械的で生気を失った調子で。「こんにちは……チャンドラ……博士……わたし……は……ハル……わたし……は……最初……の……レッスン……の……準備……が……整い……ました……」

これらすべてはわたしたちが死と言ったときに自然と思い浮かべているものに対応しているが、漠然としていて、もしかしたら理解できないものだ。ブロックがなくなり、決定的な何かが欠ける瞬間というのがやってくる、それはもしかしたら構文を作る機能(と言っておこう)かもしれない。それなしでは残りの要素は互いにつながることができず、文章が作れなくなる。あるいは量の問題かもしれない。機械が何かを分節できる状態を保つには、最低限の要素が必要なのかもしれない。その閾値を超えたら、すべてが崩壊する。最期が訪れるのは「最後」の要素が外された時だけ、そんなことがありうるのだろうか。シナリオはその方向で書かれている。「彼は最後のユニットを引き抜いた、するとHALは永遠に沈黙した。」

キューブリックの映画やわたしの考察には、言語の停止そして「脳死」(「脳の活動の完全なる、そして決定的な停止の状態」、これが臓器提供にまつわる議論において使われる定義だ)と、死そのもののあいだに、半分意図的な混同が見受けられる。キューブリックやクラークが彼らによって想像された電子頭脳に興味を持つのは、それが、宇宙飛行士とコミュニケーションをとるからだ。それがしゃべるのをやめるということは、機能するのをやめることだ。母がしゃべるのをやめても彼女の生を引き延ばすことができることを知っている。けれどもわたしが見守っているのは、わたしが恐れているのは、彼女の傷ついた言葉が停止することだ。

訪問のあとで

玄関ホールのスライド式ガラスドアのそばでしばしば、小さな婦人が立っている、背中に手を回し、足踏みをしながら観察している。どこか控えめな貪欲さで通りの見えるもの(通行人、車)を目で追いながら、彼女を遠目に監視している受付の人を時折不安そうに眺めやる。婦人の背中には布の札が縫い付けられていて、施設の名前と住所がマジックで書かれている。彼女が、彼女を優しく見守る監視の目をすり抜けて、かつて住んでいたアパルトマンを、そこが自分の場所だと感じていた街を、かつての自分の生活を求めて出て行ってしまった場合のためだ。こうしたことをされるのは、林間学校に送り出された子供や、戦争中に駅のホームや我勝ちな人混みの中で子供が迷子にならないためだ。

三階では、頭に毛糸のニット帽を被ったままの男性が、男の特権の一部を保持している。この人は一日に一回、大広間に降りていって、帆立貝の灰皿を横に、立て続けに何本かタバコを吸う。彼はテレビでスポーツの試合や刑事物を眺める、すくなくとも、居眠りをしながら大音量でつけている。遠慮なく長々と咳払いするが、それはまるで痰を吐きながら叫んでいるかのようだ。食事のときにはワインを一杯飲む。准看護婦さんたちにきわどいジョークを投げかけるが、彼女たちは笑いながらそれを受け入れる。

同じ階では、車椅子でつねに回廊に鎮座しているリュセットことリュリュが、通り掛かる人を大声で呼び止めようとする。「お嬢さん！ ちょっと手伝ってちょうだい！ そこのあなた(ムッシュー)、どなたですか？ 施設の方？ 家に連れて帰るように言ってちょうだい、弟が待っているの！」彼女は短いスカートを引き上げて、股のあいだに充てがわれたパッドを見せ、「おしっこ・うんち」の面倒を見にくるようにと叫ぶ。こうして、自分の老衰と依存について言及する際に、幼児語を用いるという挑発的なやりかたは、なかなか殊勝なものだ。だいたい、彼女はずけずけものを言い、いつも人をからかうような調子だ。その言葉遣いは下町と三、四〇年代を思い浮かばせるもので、この受け入れ施設で生き存えている人たちの記憶にのぼる言葉や歌の節もまたそうだ。その人たちはとりたてて病気であるわけではなく、ただ年をとっているのだ。
ハンガリー系で、耳の遠い婦人が、娘が母語で声を張り上げてしゃべりに来るのを待っている。また別の女性が時折、選び抜かれた表現で隣りの女性たちを攻撃し、臭いと非難する。他の一人は、堂々巡りするフレーズを言いつづけ、それらの有無をいわせないフレーズは眠るまえの犬のようにぐるぐる巡りながら着地点を失い、存在しない言葉のならびへと崩れていき、音節を繰り返したり、まったく意味のない韻をふんだりしながら、言葉まがいのものへと分解していく。まるで目に見えない悪霊が彼女のフレーズを争い、ばらばらにしているかのようだ。

みな、ここで、待っている。何人かの人は約束した人が訪れるのを待っている。また別の人で、食事やおやつの時間だけを待ち、もうすぐか、いま何時かと聞く者もいる。他の人たちは目的もなく待っており、その待つことは時間そのものと重なっている。まるで、さまざまな活動に従事し、心を砕いて、メリハリのある暮らしを、その限界や軸を意識しながら送ってきた人生の時間の末に、この怪物的な時間の引き延ばしの中に、生まれてきたことの厄介さという謎の中に、どうしても再び投げ込まれなくてはならないかのようだ。

今日、ガラスのドアを一つ、また一つと開けていきながら、病院を出ようとしていたところ、ちょっとした事件に行き当たった。背中に札を縫い付けられた小さな婦人が外に出ることに成功し、歩道をゆっくりと歩いている、後ろ手を組んで、夏の暑い盛り。どこに行くのだろう？　もう何ヶ月も歩きたいとずっと思っていたこの通りを歩いている。病院の二人のスタッフ（一人は准看護婦、もう一人はボランティアの人）が追いつき、腕を摑んで、連れて帰ってくる。ナイーヴな、あるいはずるい調子で抗議している。「いってしまってはいけませんよ」と二人のスタッフは彼女に言う。

訳注

二八頁（1）リトアニア出身のピエール・パシェの母は、ナチ支配下のリトアニアにおけるユダヤ人の虐殺を直接目撃していない。しかし、本書一四二頁から一四五頁に、子供の虐殺を目撃したと語る母親のより詳しいエピソードが描かれている。ピエール・パシェと証言文学の関係に関しては、Claude Mouchard, *Qui si je criais. . . ? Œuvres-témoignages dans les tourmentes du XXe siècle*, éd. Laurence Teper, Paris, 2007, pp. 161-180 を参照。

五二頁（2）https://www.wordproject.org/bibles/jp/20/31.htm

六六頁（3）一九五三年に精神科医のジャン・ウーリによって、フランスのロワール県に創設された精神病院。革新的な病院で、患者と医師の関係を捉え直し、できるだけ患者に施設の運営に参加してもらうようにしている。一年に一回開催される、患者による芝居の上演も画期的な制度で、ニコラ・フィリベール監督による *La Moindre des choses*『すべての些細な事柄』というタイトルのドキュメンタリー映画がある。哲学者・精神分析家のフェリックス・ガタリが早い段階からこの病院の運営にあたり、ウーリとともに革命的な診療方法を実践する。開かれた社会を目指したラ・ボルドには、多くの若者が出入りしたが、ピエール・パシェもしばらくのあいだ出入りしたことがあり、「ラ・ボルドに行くといいことは、狂人をこわがることがなくなることだね」と、ユーモラスな調子で語っていた。

九二頁（4） ハヌカーはユダヤ教の年中行事の一つである。

一四四頁（5） 詩篇一三七：「われらはバビロンの川のほとりにすわり、シオンを思い出して涙を流した」。詩篇のなかでも有名で、紀元前五八六年のエルサレム陥落後のイスラエルの民のバビロニア亡命を語る珍しい句。

訳者あとがき

本書はPierre Pachet, *Devant ma mère*, Gallimard, 2007の全訳であり、ピエール・パシェ（パリ一九三七―パリ二〇一六）の作品のはじめての日本語訳である。

＊

パシェは自らを二流の作家と称して憚らなかった。晩年のインタビューで、いわゆる小説を書かなかったことについて、次のように語っている。「［自分は］フィクションの空虚に身を投じることができない。つまり、知っていること、実証されていることとの関係を絶って、空虚に飛び込むこと、そして人物や景色や筋に生を吹き込むこと。そういうことはわたしにはできない。できる振りをする必要もないのかもしれません」(1)。彼は架空の物語を創造できる作家を尊敬しながら、自らにその能力を認めず、数多くの作品を手がけながら、フィクションに訴えることは絶えてなかった。自分であることをモットーとしたパシェがそのモットーに忌冥であったと考えることももちろんできるが、わたしにはそれが彼の言っているような一つの不可能性としてではなく、彼の優れてオリジナルな思考と在り方に由来しているように思える。実際、ピエール・パシェほど個性的で、分類できないような作家は、なかなかいない。

＊

まず彼の経歴から見ていこう。パシェは一九三七年に、ベッサラビア出身のユダヤ人の父と、リトアニア出身のやはりユダヤ人の母のあいだにパリで生まれた。この出自と生年は彼を語るうえで決して見逃すことはできない。ナチ占領下のフランスでまだ幼かった彼に、両親は本当の苗字も、彼がユダヤ人であるということも教えなかった。この経験をパシェはのちに「歴史と意識」という論文のなかで分析している。

いちばん実際的な事柄だけに絞って言えば、戦争を脱して、少しわたしたちの状況が落ち着いたとき、自分がどう名乗るべきなのか、自分の苗字は何なのか、あまりよくわからなかった。わたしたちは名前を変えていたので、新しい苗字――本名――を、まるでこのとき発明されたみたいに、覚えなければいけなかったのだ。わたしは自分の住所がわからなかった。自分について知っていることを、外の世界(学校)がわたしについて知っていることと一致させなければいけない、そういうときに、わたしは逆に、このふたつのつながりがしばらくのあいだ脅かされていた、さらには断ち切られていたのだと知った。まるで物事の、社会の安定性のありようがこのつながりを世話してくれるかわりに、わたしが自分で何とかしなければいけないかのようだった。わたしはこのあと続いた何年ものあいだ、長い時間をかけて、沈黙のうちにこのつながりを修復していったように思う。とくに、ほとんど狂信的な、過剰な仕方で、わたしとわたしのあいだのつながりが連続的であるよう保証していったのだ。［……］自分の文章［……］を読み返していると、この引き続く不安が、ほとんど病的な効果を及ぼしているのがいまでは見てとれる［……］。こういう肥大した意識、自分に割り振られている、警戒心に満ちた明晰さの地帯から溢れ出していこうとし、自らの境界を認めない意識というのは、万人の意識が取りうるかもしれないあり方のひとつに、よく対応しているとわたしは思う。それは、世界が平和であり、個人が保護されていることを保証するものが破壊され、あるいは深刻な疑義に晒されているとき、何が起きるのかを示している。(2)

この論文が収められている論文集のタイトル、『警戒(不寝番)——意識と歴史に関するエッセー』がいみじくも語っているように、ピエール・パシェはこうした出自を背景に、それが不可能であると知りつつも、つねに不寝番であることを心がける知識人であった。このことをまず念頭においておくべきだろう。

＊

パシェは大学で古典文学を修めたのち、一九六二年にフランスの難易度の高い教授資格（アグレガシオン）を古典文学で取得している。その後フランスとアルジェリアの高校で教鞭を執り、一九六四年にアメリカに渡ってハーヴァードとカリフォルニア大学バークリー校でそれぞれ一年間、研究と教育に携わった。その後は主にフランスを中心に活躍するようになる。クレルモン＝フェランで古代ギリシャ語の助手を務めたあと、一九七二年からパリ第七大学（現パリ・ディドロ大学）に移り、文学の教員として定年まで籍を置いた。大学教員として研究をつづける傍ら、*La Quinzaine littéraire*『ラ・キャンゼーヌ・リテレール』という月に二回刊行される書評誌に三十年以上に亘って五〇〇本以上の評論を寄稿しつづけ、編集委員も務めた。

こうしてピエール・パシェの略歴を概観してみると、大学人であると同時に活発な評論家であったということが彼の人生のもっとも重要なファクターとして浮かび上がってくる。学者が評論を軽視し、評論家が学者を専門馬鹿と蔑視しがちな風潮のなかで、この二足の草鞋を履き続けることは難しい。出発点において古代ギリシャのストア派で博士論文を書いておきながらパシェは、評論をつうじて、時代の最先端の話題の書物への目配りも怠らなかったため、今日では稀有な存在と化してしまったような博識の読書家として一目を置かれた。彼は出自からして東欧文学にも造詣が深かった。大岡昇平を読むよう学生時代のわたしに勧めてくれたのもまた彼である。プラトンの『国家』だけではなく、アルノー・シュミットやW・H・オーデンの翻訳も出している。二〇一一年に北京に招待されてから、中国に目覚め、亡くなるまで中国の文学・思想に関する本を乱読した。とにかく、好奇心の導くまま、自由自在に、世界の書物、世界の現実、それも政治的な現実に、関心を寄せ、観察し、研究し、その過程を具体的に綴った。だからパシェが最初に出版した本が*Du bon usage des fragments grecs*〔『古代ギリシャ断章の正しい用法』〕(一九七六)であり、最後の作品が*L'Âme bridée*〔『引きつった魂』〕(二〇一四)という、現代中国の政治が、中国の人びとに実際どのような影響を及ぼしているのかを現地を旅しながら考察する作品であるのは何ら驚くことではないのである。そのような作品の幅を考えると、パシェがいかに、専門化がますます激化する学問世界にあって、非オーソドックスな大学人であったかがわかるだろう。

彼の作品リストをここで検討するわけにはいかないが、その意外性、関心の幅の広さ、そしてユニークさを少しでも想像できるように、いくつかの代表作を挙げてみたい。上記の『古代ギリシャ断章の正しい用法』と同じ年にパシェは*Le Premier Venu*〔『どこにでもいる人』〕と題された、ボードレールの政治について論じたとても個性的なボードレール論を出版している。八〇年代には、二冊のきわめて独創的な眠り論と、東欧を取材した評論を書いている。そのあと九〇年代に入ってからは、日記の歴史を辿る本*Les Baromètres de l'âme*『魂のバロメーター』(一九九〇)(これは何回も版を重ねている)や、*Un à un*『一から一』(一九九三)という題で、アンリ・ミショーとラシュディーとナイポールについて、民主主義と個人という観点から論じた評論、年老いることについての最初の考察となる*Le Grand Âge*『老年』(一九九三)という、短いながら非常に密度の高いエッセーなどを発表する傍ら、より自伝的な要素の多い*Conversations à Jassy*『ヤーシの会話』(一九九七)や、自身のポエティック(創作法)について語った*L'Œuvre des jours*『日々の営み』(一九九九)を出版している。

この一九九九年という年、パシェは大きな転換点を迎える。同年に妻を亡くし、直後に執筆した*Adieu*『さようなら』(二〇〇一)以降、彼の著作は、二〇〇二年に刊行された論文集、*Aux aguets*『警戒(不寝番)』以外はすべて、自伝的性質を強めてゆく。

しかしピエール・パシェの作品を単純に自伝的と形容することはできない。なぜならそこで問題となっているのは厳密には彼、ピエール・パシェではないからだ。それらの作品はたしかに一人称で書かれ、語り手の「わたし」がピエール・パシェであるのは明らかだ。けれどもそこで語られていることは、妻を亡くした「わたし」の変貌とその体験に関する考察であり、一〇〇歳を越え、老化の進行する母の言葉と向き合う一人の初老の男性の体験と考察であり、愛し、愛される希望を失った孤独な人びとと出会った「わたし」の体験と考察である。いずれの作品においても、いわゆる自伝に見られるように、作者自身の感情表現や、その人生の軌跡が主題となっているわけでは決してない。

ここで、いままであえて脇に置いてきたパシェの作品、*Autobiographie de mon père*『父の自伝』について一言述べておくべきだろう。本来ならば、パシェの仕事はこの作品から語られなくてはならないはずだ。出版は一九八七年で、このとき彼はもう何冊も著作を世に問うていた。けれどもこれこそが作家ピエール・パシェの処女作なのだ。パシェは、父親が亡くなった直後の一九六五年か六六年に、この短いテキストを書いた。それは父が一人称で人生を語るというものだ。一九八七年にようやく日の目を見ることになって書き加えた序文のような部分で作者の「わたし」が語っているように、「父の言葉は、わたしを通して語ろうとしていた、これまで語ったことがなかったような仕方で、わたしたち二人の合わさった力を越えて。父の言葉は、自らに専念するためにわたしの助けを必要としていた、そしてわたしはそれを望んだ[……]」(3)。

出版社が見つからず、引き出しのなかで長年眠っていたこの原稿は、パシェ文学の原点にあるわけだが、そこに銘打たれた「自伝」という言葉がいみじくも語っているように、パシェにおける自伝とは必ずしも自らを語るテクストではないのだ。

たとえばもっとも自伝的と評することのできる作品、*L'Amour dans le temps*『時の中の愛』（二〇〇五）を見てみよう。実際、この本の表紙には副題として、「自伝的エッセー」とわざわざ記されている。パシェがおそらくはじめて自伝という形式を明確に意識した著作だ。それまでの作品でも作者自身、一人称で自らの体験や考え、観察や感情を直接文字に書き写してきたわけだが、ここでなぜ「自伝」という形式を意識したのか。それはこの作品の主題そのものが自分自身であるからだ。ところが、こうしてあからさまに自伝的な地平に立ったとき、パシェが自分をどのように語るかというと、それはいわゆる自伝の視点から離れて、自己を他者のように見据える視点から語られる。『時の中の愛』は、妻を失った初老の男性の悲哀やエロスを、まるで自分ではない一人の人間の経験のように観察して綴る作品で、そこで主語はしばしばごく自然に「わたし」から「彼」や"on"（「ひとは」といった一般的な三人称）へと横滑りしてゆく。自己の臨床的な観察をとおして、人が誰しも経験しうることを理解しようとする試み、パシェ文学をひとまずそのように特徴づけることができるかもしれない。臨床的自伝とでも形容すればいいのだろうか。

＊

本書においてもパシェは一人称を基底に、母親の老いてゆく様子を綴っている。しかしその自伝性はここでも、彼と母親の個人的な関係を語ることに主眼を置いているわけではない。彼の母にたいする思いは決して明言されることはなく、言葉と言葉のあいだに滲みでてくるたぐいの表現にとどまっている。こうした特徴は『母の前で』を『父の自伝』と対を成す作品に仕上げている。この本の「わたし」は個人的な思いを披露するのではなく、ひたすら、一つの問いを掲げつづける。母は、息子がだれだかわからなくなり、自分自身も自分として意識することがままならなくなり、母という存在からかけ離れてしまったと思われるような状態に陥っているにもかかわらず、「なぜ自分はそこに[母に会いに病院に]行くのか」、「わたし」はこの問いに繰返し立ちかえる。この厳しい問いを問うことこそ、「わたし」の義務であるかのように。

この問いの重要性は、まさにその厳しさにある。なぜなら、大抵の場合、人はこの問いを敢えて問わないようにするからだ。年老いて呆けてしまった人を見舞いに行く人は、なぜ見舞いに行くのかを考えようとはしない。人は多くの場合、それはそういうものだとして、それを義務として、あたり前のこととして、こなしている。しかしこれを問わないことは、そこに意味がないことを認めていることになりかねない。見舞いに行く相手の状態を考えれば、これは当然の問いだからだ。当然の問いを敢えて問おうとしないことに、欺瞞がないといえるだろうか。

だからパシェは自分に問いかける。

この問いに満足な答えを見つけることはもちろんできない。母の老化はどんどん進行し、会いに行ったところで、それが母にとってなにがしかの意味をもつことだとは到底思えない。それでも会いに行く、会いに行かなくてはならないと思う、そして会いに行かなくてはならないのはなぜなのか、それをパシェは思考可能なぎりぎりのところまで問い返しつづける。それはまた、人間の意識の限界、人間を人間たらしめているものの限界を問いつづけることと同義である。なぜ母に会いに行くのかを問いつづけることは、母がまだ母なのかを問い、母の状態を観察し、彼女がなにをどのようにまだ感じているのか、彼女の感覚に可能なかぎり近付こうとする試みをも意味するのだ。

「なんで行くのだろう、もう母でないだけではなく、もう人間ですらあるとはいえないかもしれないのに」と考えそうになるとき、彼女がほんのちょっと何か言うと、そこに人間的な要素が漂っているのを認めずにはいられなくなる。そしてその要素をわたしは受けとめ、保存しなくてはならない。なぜならそれは神聖なものだからだ(ユダヤ人にとって、神聖な書物であるトーラか、神聖な言葉を内包する祈禱書が床に落ちたり、汚れたりしたとき、それに接吻し、この痛手の埋め合わせをしなくてはならないように)。それがどれほど貧しく、ばらばらな要素(*dva kouska khleba*「パンをふたかけ」、または *maia dotchka*「わたしの娘」)であっても。こうした要素は、配慮を、人と人のあいだの絆を、行為に向けて開かれた思考を備えている。(二六九—一七〇頁)

「なぜ自分は母を見舞いに行きつづけるのか」という問いをひるまずに見据えようとしつづけるなか、パシェが神聖さに言及することは少ない。それは、限界地点に立ったときに人が口にする言葉として、彼の筆先から迸りでるが、人間と人間を結ぶ概念と解され、行為の方へと差し向けられることによっていわば脱宗教化されている。神聖さは、思考を止揚することを可能にする便利な概念として登場するのではなく、さらに人間の人間性を問いつづけることを可能にする、あるいは義務付ける、一つの倫理として機能している。答えはない。人間の境界へと、限界へと、近付こうとしつづけるしかない。それはわたしにJ・M・クッツェーの作品を思わせる。『マイケル・K』や『夷狄を待ちながら』、あるいは『鉄の時代』といった小説で展開される、人間であることの前哨に立たされた者を巡る思索は、パシェの思考の目指すところでもあるだろう。答えはない。あるいは、その都度、その都度答えらしきものを表明するしかない。たとえば、

つまりわたしの母だからわたしは行くのだ。わたしの母の象徴、あるいは思い出だからではない。彼女がわたしのことを思っているとも、待っているとも思わない。しかしだからといってその反対であると断言することはわたしにはできない。（五九頁）

とも言えるかと思えば、

あるいはまた、時の試練を彼女と共有するために自分は行くのだと考えてみる。それはあまりにも朦朧とした待つ時間で、なにか待つものがあるということさえ彼女は忘れてしまっているのだが。彼女がわたしと同じ世界にいるわけではないということを自分に言い聞かせようとする。あるいは、より単純に、彼女に関して考えることをやめるようにする。(六〇頁)

というようなときもある。そうやって辛うじてこの厳しい問いを正面から見据えつづけながら、パシェは母の状態がどのようなものなのか、ひるむことなく観察し、理解しようとする。だからこそ彼はこの本の試みを以下のように説明する。

世界における彼女の存在の劣化について観察し、描写することで、なにかポジティヴな代償が生じることをわたしは望んでいる。科学にたいして自分の体を献体するように、この劣化そのものを彼女が知に差し出すことを手伝いたい。精神生活がどのように構成されているのか、わたしたちの精神が、その本質的な可動性をもって、たえず動いているその実体をとおして、どのようにして世界の現実の安定したイメージを構成するのか、そしてどのようにしてそこに住むことを可能にするのか、そうしたことを、彼女が、わたしが、この記録をつうじて、明らかにすることができればと思う。

(一一六頁)

こうして、「自分はなぜ認知症の母を見舞いに行くのか」という過酷な問いは、人間の精神生活を可能にしているものは何なのかという問いへと深まっていく。その過程でたとえば、自分を息子として認識しなくなった母を観察しながら、次のような思索が巡らされたりする。

人がだれだかわかるというのは、一体どういうことなのだろう。この出来事を解体することはできるのだろうか、それを構成している要素に分解することは?(一二〇頁)

しかしわたしが感じるのは、観察者として感じるのは、だれだかわかるということは、ある種の空虚のようなものに身を投じることを前提としているということだ。

(一二四頁)

このようにして人間に関して、これまであまり考えられることのなかったような新たな考察がこの本の随所で生まれている。

しかしこの臨床的自伝をとおして、パシェの母親が人類のために献体されているだけではない。そうした啓蒙的な意図を携えながら、この本はピエール・パシェの母親、ギンダという個人へのオマージュともなっており、最後まで自立した人間の尊厳を保とうとした彼女の勇気を讃えている。また彼女の人生のエピソードを交えていくなかで、彼女の家族とその時代のユダヤ人を襲った悲劇が間接的に喚起される。しかしそうしたすべては決して他の箇所より強調されているわけではない。感動は、この本の頁をめくっていくなかで、作者の思索の足跡を辿っていくなかで、これ以上考えようとすることはもう無理だろうと思われるような地点でも思索が重ねられるのを追っていくうちに、時間とともに滲みでてくる。

*

わたしにとって一番感動的な頁は笑いについてのところだ。しかしその箇所を敢えてここでは引用しない。読者には最初から読んでもらってその箇所を各自発見してもらいたい。そうであってこそ、本当に感動的な箇所だからだ。

というのもパシェの本は、彼の思考回路のなかに入ることを意味し、その思考の展開を順を追って辿ることを必要とするからだ。本書を大学院の授業で少し読んでみたが、彼の文章が日本の学生にとってわかりづらいのもおそらくそのためだろう。難しい言葉を使うわけでもないし、修辞学的な形式を用いるわけでもないパシェの文章はひどく「自然」で、技巧を凝らしていないから、読みやすくみえる。しかし、それはパシェの思考の息遣いをそのまま伝えるような文章で——ダッシュや括弧の多さにそれは端的に表れている——、粘り強く、考えることをその具体的展開において辿ろうとし、安易な抽象化によるまとめを筆者自身にも許さないので、その徹底的な具体性において難しく感じられるのだろう。パシェの作品が優れて文学的であるのはまさにその点においてだ。彼の本を部分読みして、都合のいい考えをそこから切り貼りすることは不可能だ。順を追って読むからこそ、彼の思考の時間を辿るからこそ、そのときどきの文章は重みを増し、感動を呼ぶ。

彼の本はしたがって、フィクションではないにせよ、フィクションと同じような物語的特質をもつ。テクストの時間を経ることによってしか到達できない世界をそれは孕んでいる。

パシェ文学はしたがって時間を抽象化しない。時間とともにある文学だ。考えることの時間、それを体現している。時間とその現実から離れ、抽象的な概念を振りかざすことを徹頭徹尾避けようとする。パシェは現実の経験、現実の時間を文章に織り込もうとする。

その言葉はしたがってざらざらした現実の粗い目をのこした、味わい深いものだ。

最後まで意識の光で人間性の境界を照らしだそうとしながら、抽象化して理解するという性急な欲望に屈することなく問いつづけたとき、やはり沈黙が訪れる地平がある。

[……]彼女[母]を取り巻く言葉が違って聞こえてくる。たとえば他の入居者たちの。

マリー：「ねえ、わたし、自分がどこにいるのかわからない。こっちに来て。」そして、嘆願するようなというよりは命令するような調子で：「ここはいったいどこなんだ？」

別の一人は：「あのわたし怖いの。わたしはクソよ、クソのクソよ。」やはり車椅子に座っている隣りのだれかが「食べてお黙り」と応じる。「わからないんですよ。」

他の婦人がわたしが前を通りかかるのを見て：「あなたと一緒に出かけていいですか？」

マリー：「お母さん見に来て、ねぇルルー！」それに呼応するようにまた一人が：

「わたしもすごく辛い！　ほんとうに辛いの！」

マリー：「一緒に連れてって、ルルー！　ルルー！」

別の一人：「お願いです、わたしたち独りでいるのが怖いんです。会いにきて下さい、おしゃべりしに来て下さい。」
これを聞きながら、わたしは気も狂わんばかりに同情することと、無関心でいることとのあいだで躊躇う。それはだれしもが若いときからすでに慣れはじめる不思議な状態だ。なぜならそれは世界の法則のようなものだからだ。しかしそれを説明する言葉をわたしたちは持ち合わせていない。（一六〇—一六一頁）
その沈黙こそ、現実の重みを語るものだ。パシェ文学は意識の言葉をこの沈黙の土と練り合わせて語る、素焼きの陶器の風合いをもっている。

*

眠りと文学という研究テーマをとおしてピエール・パシェという人と出会って二十五年以上になる。自分を自分以上のものにも自分以下のものにも決して見せることのない人柄に、出会ったときからあまりにも多くのことを教わった。なによりも大きかったのは、権威に惑わされずに、自分自身であることの重要性と難しさである。そのストイックな姿勢を、この翻訳文をとおして少しでも感じてもらえるなら嬉しい。
長年ピエールの本を日本語に翻訳したいと思いつつ、既存のカテゴリーに収まりにくい彼の作品を昨今の日本の出版状況で紹介するのはなかなか難しく、わたしも忙しさにかまけて出版社を説得する努力を最後までせずにずるずると今日まで引き延ばしにしてきた。怠惰なわたしを新たに奮い立たせてくれたのは、李静和さんを中心にした岩波の研究会の仲間である。二〇一五年の四月の会でクルツィオ・マラパルテの『壊れたヨーロッパ』を読んだ際、森元庸介さんがパシェの『ヤーシの会話』から、この本に言及している箇所を翻訳して紹介し、李さんを筆頭に、パシェの分析の鋭さに皆感動しているのを見て、やはり彼の作品を日本に紹介すべきだということを痛感した。李さんと研究会のメンバーである岡本厚社長のご助力を得て、岩波の吉田裕さんに話をもちかけさせていただいたところ、ひとまず日本でも広く社会問題となっている老人を扱った『母の前で』を訳すことになった。李さん、岡本さんをはじめ、わたしに勇気とやる気を毎回吹き込んでくれる研究会のメンバーの皆さんにまずお礼を申し上げたい。また、翻訳を専門としていなかったにもかかわらず、岩波の雑誌『文学』で二〇〇七年の来日の際にパシェ特集を組んでくださった縁で今回も担当をしてくださった吉田裕編集長にも、ここで篤くお礼申し上げたい。

また一言、ピエールを二〇〇七年に日本に招待するきっかけを作ってくださり、その後、岩波の『文学』で小特集を組むなどの企画を可能にしてくださった同僚の合田正人さんにこの場を借りて感謝の念を記したい。合田さんなしにはピエール・パシェの日本における紹介はなかったかもしれない。

最後になるが、いくつか文献を記しておきたい。現段階で日本語で読めるパシェの文章、あるいはパシェについての文章は、わたしの知る限り以下の通りである。漏れている文献があれば、ぜひ教えていただきたい。

- 拙書『眠りと文学』、中公新書、二〇〇四年、の中の「エピローグ」部分
- ピエール・パシェ「見るものに対する責任」(拙訳)、『文学』特集「夢の領分」所収、岩波書店、二〇〇五年、九・一〇月号、六七―七七頁
- 拙論「イメージの呪縛」、同上、七八―七九頁(部分)
- 合田正人・安原伸一朗、根本美作子編小特集「ピエール・パシェ」、『文学』、岩波書店、二〇〇八年、三・四月号、一九八―二四六頁
- 拙論「個人を巡る旅――パシェ、ミショー、ブーヴィエ」、明治大学文学部紀要『文芸研究』、第一一二号、二〇一〇年、七七―九八頁
- 拙論「夢・電話――彼岸のノイズ」、『文学』特集「ノイズ　耳の文学」、岩波書店、二〇一〇年、一一・一二月号、五七―六一頁(部分)
- ピエール・パシェ「「神への愛と不幸」におけるシモーヌ・ヴェイユのエクリチュール」(吉川佳英子訳)、『別冊水声通信　シモーヌ・ヴェイユ』、二〇一七年、水声社、一八四―一九三頁

・安原伸一朗「解説」、同上、一九三―一九九頁
・根本美作子編、明治大学文学部紀要『文芸研究』特集「ピエール・パシェ」、第一三五号、二〇一八年

なおフランス語をお読みになる方は、ピエール・パシェのご子息、フランソワ・パシェ氏が中心となって運営しているフランス語のサイトhttps://sites.google.com/view/pierrepachet/accueil に行けば、パシェの執筆した数百にのぼる書評や論文、書誌やセミネールの録音などにアクセスできる。

（1）« La Forme des jours. Entretien avec Pierre Pachet » (avec Pascale Bouhénic & Pierre Zaoui), in *Vacarme*, n° 61, oct. 2012, http://www.vacarme.org/article2191.html. 二〇一八年三月二八日最終閲覧。
（2）« Histoire et conscience »［歴史と意識］, *Aux aguets, essais sur la conscience et l'Histoire*, Maurice Nadeau, 2002, p. 9-10
（3）*Autobiographie de mon père*, Belin, 1987 (Autrement より、J＝B・ポンタリスの後書きを付して一九九四年に再刊。現在 Bibliopoche に入っている)。

ピエール・パシェ

1937年パリ生まれ.
1962年古典文学教授資格を取得. 1972年から2003年まで, パリ第七大学教員.
2016年6月死去.
主な著書に, *Autobiographie de mon père*〔父の自伝〕(1987年), *La Force de dormir*〔眠ることの力〕(1988年), *Conversations à Jassy*〔ヤーシの会話〕(1997年), *L'Œuvre des jours*〔日々の営み〕(1999年), *Loin de Paris*〔パリを遠く離れて〕(2006年), *Sans amour*〔愛なくして〕(2011年), *L'Âme bridée*〔引きつった魂〕(2014年)など.

根本美作子

1967年生まれ.
1996年東京大学大学院総合文化研究科博士課程修了. 学術博士.
現在, 明治大学文学部教授.
主な著訳書に, ジャン＝ルイ・フェリエ『ピカソからゲルニカへ』(筑摩書房, 1990年), 『眠りと文学――プルースト, カフカ, 谷崎は何を描いたか』(中公新書, 2004年), *Representing Wars from 1860 to the Present*(共著, Rodopi, 2018年)など.

母の前で　ピエール・パシェ

2018年10月10日　第1刷発行

訳　者　根《ね》本《もと》美《み》作《さ》子《こ》

発行者　岡本　厚

発行所　株式会社 岩波書店
〒101-8002 東京都千代田区一ツ橋2-5-5
電話案内 03-5210-4000
http://www.iwanami.co.jp/

印刷・精興社　製本・牧製本

ISBN 978-4-00-024487-9　Printed in Japan

人はなぜひとを「ケア」するのか ―老いを生きる、いのちを支える― 佐藤幹夫 四六判二四二頁 本体一九〇〇円

シリーズ ここで生きる いのちの場所 内山節 四六判二〇〇頁 本体一九〇〇円

他者／死者／私 ―哲学と宗教のレッスン― 末木文美士 四六判二五〇頁 本体二八〇〇円

どちらであっても ―臨床は反対言葉の群生地― 徳永進 四六判二〇八頁 本体一七〇〇円

文学の弁明 ―フランスと日本における思索の現場から― 二宮正之 四六判三六二頁 本体三七〇〇円

岩波書店刊

定価は表示価格に消費税が加算されます
2018年10月現在